DAS VERLANGEN DES LEOPARDEN

SHIFTERS UNBOUND, BOOK 5.5

JENNIFER ASHLEY

Übersetzt von

LOTTA FABIAN

JA / AG PUBLISHING

Originaltitel: *Feral Heat* © 2014 Jennifer Ashley

Copyright für die deutsche Übersetzung: *Das Verlangen des Leoparden* © 2018 Lotta Fabian

Lektorat: Ute-Christine Geiler, Birte Lilienthal, Agentur Libelli

Deutsche Erstausgabe

Cover: Kim Killion

KAPITEL EINS

Der Kampfclub war umgezogen, seit Jace Warden die Austin Shiftertown das letzte Mal besucht hatte. Früher hatten sich die Shifter zu ihren verbotenen Kämpfen in einer verlassenen Scheune getroffen, die versteckt in den Ausläufern am Fuße eines Hügels lag, aber das Gelände war verkauft und bebaut worden.

Auf seiner geborgten Harley fuhr Jace von dem Kleinflugzeug weg, das ihn hergebracht hatte, und nahm den Highway, der zu einem Stück Land führte, das weiter vom Fluss entfernt lag. Es war dunkler geworden, während er von Nevada nach Austin geflogen war, wo sie auf einem Flugfeld gelandet waren, das angeblich geschlossen war.

Dylan Morrissey, sein Kontakt in der Austin Shiftertown, hatte Jace eine Nachricht hinterlassen, dass er sich mit ihm im Kampfclub treffen wollte, und er hatte ihm auch die Maschine besorgt, auf der Jace jetzt saß. Müde und verschwitzt, nachdem er sich auf Dylans Bitte hin quer durchs Land auf den Weg hierher gemacht hatte, war das

Letzte, worauf Jace Lust hatte, zum Kampfclub rauszufahren.

Doch Dylan hatte ihn einbestellt, um weiter an der Lösung des Problems zu arbeiten, wie man die Shifter ein für alle Mal von den Halsbändern befreien konnte. Er hatte ihm seine Gastfreundschaft angeboten, daher hatte Jace seine Verärgerung runtergeschluckt, sich bei den Menschen bedankt, die ihm geholfen hatten, so weit zu kommen, und sich auf die Harley geschwungen.

Wie in der Wegbeschreibung angegeben, bog er ab, und der Asphalt der Straße ging schon bald in nackte Erde über. Das Motorrad rutschte über die Schottersteinchen und Spurrinnen. Die Straße wurde schmaler und schmaler, bis sie ganz aufhörte. Jace fuhr einen kurzen Abhang hinunter, um eine Kurve und fand den Kampfclub hinter einer leichten Anhöhe, die ihn zur Straße hin abschirmte.

Er roch ihn, lange bevor er die elektrischen Lampen sah, die tanzenden Schatten der Feuer in den Mülltonnen und die Taschenlampen. Um für Licht zu sorgen, wurde alles benutzt, was rasch gelöscht werden konnte.

Jace hätte selbst in absoluter Finsternis gewusst, dass dies ein Ort der Shifter war. Shifter, die Adrenalinschübe und Kampfinstinkte abreagierten, hatten einen interessanten – und durchdringenden – Geruch.

Er stellte den Motor ab, parkte die Maschine zwischen anderen Motorrädern, Pick-ups und kleineren Autos. Er hängte den Helm an den Sitz und vergewisserte sich, dass sein Rucksack sicher in der Satteltasche steckte, bevor er sich dem Kampfbereich näherte.

Er machte sich keine Sorgen, dass Shifter seine Wechselkleidung oder seine Zahnbürste klauen würden – Shifter bestahlen einander nicht, weil schon der kleinste Übergriff zu einem Kampf auf Leben oder Tod führen konnte. Besitz war wie ein Revier, und das Revier wurde respektiert. Aber es kamen auch Menschen zum Kampfclub, und die ließen schon mal was mitgehen.

Die neue Arena bestand aus einer Betonfläche, die etwa dreißig Meter breit und genauso lang war. Vermutlich ein älteres Gebäude oder eine Event Location, die von ihren Besitzern aufgegeben worden war, als das Geld knapp wurde. Alles andere war abgerissen worden, nur die Bodenplatte war noch da.

Betonblöcke markierten die Kampfbereiche, und der Feuerschein flackerte wild, ließ alles wie eine Szene aus der Hölle erscheinen, komplett mit Dämonen. Doch die Dämonen waren in Wirklichkeit nur Shifter, die ihren Spaß hatten und Dampf abließen. Die, die nicht selbst im Ring standen, jubelten und feuerten die anderen an, tranken Bier oder suchten sich Partner für eine Runde Sex – Menschen oder andere Shifter –, schlichen sich in die Dunkelheit, um sich ebenso körperlich zu verausgaben.

Jace ging um die Autos herum – von denen ein paar für schnellen Sex benutzt wurden – und hielt auf den Feuerschein zu. Er ging davon aus, dass er keine Probleme haben würde, Dylan in dem herrschenden Chaos ausfindig zu machen, weil Dylan, ein Felidshifter und überwiegend Löwe, dafür sorgen würde, dass er ihn nicht übersah.

Womit Jace allerdings nicht rechnete, war der Wolf, der auf einem verlassenen Stück des Parkplatzes aus den Schatten sprang und mit voller Wucht auf ihm landete.

Jace packte den Wolf mit den Händen am Fell und schleuderte ihn von sich. Der Lupid landete im Staub, sein Halsband sprühte Funken und knisterte. Die Schocks, die das Halsband auslöste, schienen ihn nicht wirklich aufzuhalten, denn er rollte sich herum und stürzte sich sofort erneut auf Jace.

Jace hatte keine Ahnung, wer zur Hölle dieser Wolf war. Nicht, dass ihm viel Gelegenheit blieb, den anderen Shifter zu identifizieren, da der bereits wieder auf ihm war, während die Funken seines Halsbandes Jace die Haut verbrannten. Der Wolf wollte Jace an die Kehle, und Jaces Hände wandelten sich in Leopardenpranken, mit denen er dem anderen ins Gesicht hieb. Der ließ unter dem wuchtigen Schlag zwar von ihm ab, landete jedoch auf den Füßen, schüttelte sich nur kurz und stürmte gleich wieder auf ihn los.

Jaces Halsband hatte noch keine Schockwelle in seinen Körper gesandt, doch er spürte, dass es damit bald vorbei sein würde. Halsbänder waren dazu gedacht, Shiftern Schmerzen zu bereiten, sobald sie ernsthaft gewalttätig wurden, allerdings hatte Jace Techniken gelernt, um das Halsband zu täuschen. Auch wenn das anstrengend war, vor allem wenn man derart überrascht wurde. Er musste sich konzentrieren, um das Halsband still zu halten, aber genau jetzt war er vollauf damit beschäftigt, diesen verdammten Lupid davon abzuhalten, ihn umzubringen.

Er schleuderte den Wolf erneut zur Seite, wirbelte herum, während er sich die Jeansjacke auszog und sich halb in seine Wildkatze verwandelte. Sein T-Shirt zerriss, und seine Jeans fiel zu Boden, als seine Beine sich zu langen Katzenhinterläufen verformten. Er stand als Schneeleopard aus seinen abgestreiften Klamotten auf – cremefarbenes Fell mit schwarzen Punkten, eisblaue Augen – und war stinksauer.

Jace stürzte sich auf den Wolf. Der war zwar größer, beinahe doppelt so schwer wie er, aber Leoparden waren nicht wegen ihrer Körpergröße an die Spitze der Wildkatzen-Pyramide gelangt. Leoparden mochten zu den kleineren

Raubkatzen gehören, doch sie waren wendig, schnell und klug, und sie duldeten keinen Scheiß. Von niemandem.

Diesem Wolf war das allerdings egal. Mit aufgestelltem Nackenfell und Schaum ums Maul sprang er Jace erneut an, die goldenen Augen wuterfüllt. Der Geruch, der Jace einhüllte, enthielt eine Herausforderung. Das hier war ein Wolf, der in der Rangordnung aufsteigen wollte. Dabei schien es ihn nicht zu stören, dass Jace einer anderen Spezies angehörte und nicht mal aus dieser Shiftertown kam.

Dominanzkämpfe waren im Kampfclub nicht erlaubt. Eine der wichtigsten Regeln besagte, dass die Kämpfe lediglich zum Spaß und zum Angeben gedacht waren – keinesfalls um zu töten. Außerhalb des Rings war das eine völlig andere Geschichte.

Jace bereitete sich darauf vor, seinem Angreifer eine Lektion zu erteilen.

Als der Wolf ausholte, um erneut zuzuschlagen, kam ein weiterer über den Parkplatz gestürmt und warf sich auf den ersten. Ein Weibchen, das roch Jace, und zwar eines, das er noch nicht kannte.

Sie unternahm jedoch keinen Versuch, den Wolf zu verteidigen. Stattdessen stürzte sie sich voller Wut und mit gebleckten Zähnen auf den Lupid, und es stand beinahe so was wie Wahnsinn in ihren Augen.

Der erste Lupid schwang zu ihr herum, und die beiden gingen in einem wilden Gewühl aus Pelz und Knurren zu Boden. Jace wich überrascht ein Stück zurück, schnappte nach Luft. Der Kampf der beiden Wölfe war ausgeglichen. Der männliche war etwas größer als das Weibchen, aber es war erstaunlich kräftig und wendig. Und vermutlich auch noch dominant.

Jace wartete, bis die Shifterwölfin sich abreagiert hatte,

dann kehrte er in den Kampf zurück, um seiner Retterin beizustehen.

Mittlerweile hatte der männliche Lupid die Wölfin zu Boden gerungen und hielt sie mit einer großen Pranke fest, fauchte Jace an, als er sich zu ihm umdrehte.

Jace knurrte warnend. Der Laut sagte, dass Jace sich bis jetzt zurückgehalten hatte, in seinem eigenen Rudel, in seinem Clan und seiner Shiftertown jedoch dominant war. Und dass der Wolf es sich vielleicht noch einmal überlegen wollte, bevor er den Kampf fortsetzte.

Der Lupid ignorierte die Warnung und griff ihn mit Mordlust im Blick an. Jace parierte die Attacke und hatte ihn überwältigt und auf die Erde geworfen, ehe der Lupid sein größeres Gewicht zu seinem Vorteil einsetzen konnte.

Die Wölfin erhob sich hinter ihm und landete auf dem Rücken ihres Gegners, grub ihm die Zähne in den Nacken. Ihr Halsband sprühte wie verrückt Funken, und Jace konnte sehen, dass sie auch von Spannungsbögen des Halsbandes des anderen getroffen wurde, aber sie ließ nicht los.

Jace holte mit seiner Vorderpfote aus und versetzte dem Lupid einen Hieb auf die Kehle. Der Wolf drehte sich mit dem Schlag, und das Weibchen musste ihn loslassen. Jaces Angreifer rollte ein ganzes Stück durch den Staub und das welke Gras, bevor er liegen blieb. Dann rappelte er sich auf, blieb jedoch in Kauerstellung, den Bauch dicht über dem Boden und atmete keuchend, gab sich geschlagen.

Jace trat in dem typischen leicht steifbeinigen Gang von Großkatzen zu dem Lupid, senkte den Kopf, bis ihre Augen auf gleicher Höhe waren, und knurrte erneut. *Bleib verdammt noch mal unten.*

Ob der Lupid nun das Knurren oder die Körpersprache der Felide verstand oder nicht, spätestens Jaces Blick musste die Botschaft übermittelt haben. Der Wolf hob die

Lefzen und knurrte leise, aber er legte die Ohren an den Kopf und rührte sich nicht.

Jace wandte sich wieder der Wölfin zu. Sie lag erschöpft im Gras, und er ging zu ihr, leckte sie nach Art der Katzen im Gesicht. Sie brummte leise, und Jace leckte sie erneut, verspürte den Drang, ihr zu danken und sie zu beruhigen.

Und dieser Wunsch verließ ihn auch nicht, als er wieder Menschengestalt annahm. Er streichelte ihr den Kopf, mochte das Gefühl ihres drahtigen Fells.

Das Weibchen blickte verwirrt zu ihm hoch. Sie war eine graue Wölfin mit grauen Augen. Sie atmete Jaces Duft ein, krauste die Nase und fragte sich eindeutig, wer er war.

Jace streichelte ihr noch einmal den Kopf, wünschte sich, sie würde sich ihrerseits zurückverwandeln, damit er mit ihr reden konnte. Sie war zu seiner Rettung geeilt, eine Lupidin, die sich auf die Seite eines Felids gestellt hatte, und Jace wollte wissen, warum.

Doch sie blieb in Wolfsgestalt, knurrte weiter leise. Jace berührte ihren Kopf ein letztes Mal und ging zurück zu dem männlichen Wolf. „Ist das der neue Brauch, wie Gäste in der Shiftertown begrüßt werden?“, fragte er. „Ich bin Jace Warden, ein Gast von Dylan.“

Jace wusste, er musste nicht erwähnen, dass sein eigener Vater Anführer einer anderen Shiftertown war. Die Information, dass Dylan seinen Besuch erlaubt hatte, sollte diesem Wolf genügen.

Der Lupid wurde wieder menschlich, ein Mann mit kurzem schwarzem Haar und hellgrauen Augen. „Hey, ich habe einen fremden Felid gesehen, der versucht hat, sich in den Kampfclub zu schleichen, obwohl er gar nicht eingeladen war und kein Außenstehender von dem neuen Ort wissen kann. Was hast du erwartet?“

„Also hast du alle Shifter hier verteidigt?“, wollte Jace mit unverhohlener Skepsis wissen. „Wie löblich.“

„Frag doch mal die verrückte Zicke, was *sie* wollte“, erwiderte der Lupid mit finsterem Blick zu der Wölfin. „Sanfte Frauen, so ein Scheiß. Die da ist bissig wie nur was.“

„Lass mich raten.“ Jace verspürte Schadenfreude. „Sie hat deinen Gefährtenantrag abgelehnt.“

Der Lupid warf Jace einen ungläubigen Blick zu. „*Der* würde ich nie einen Antrag machen. Nicht wenn sie die letzte Shifterfrau in der Stadt wäre. Die ist nicht ganz richtig im Kopf. Man kann nie sagen, was sie tun wird.“ Der Mann deutete geringschätzig auf sie. „Hast du doch selbst gesehen.“

„Ich finde, es war nett von ihr, mir beizuspringen.“

„Nein, sie hat einen Kampf gesehen, und das hat einen weiteren Anfall bei ihr ausgelöst. Also hat sie sich ins Getümmel gestürzt. Schau sie dir an. Sie weiß ja nicht mal genau, was passiert ist.“

Jace richtete seinen Blick wieder auf die Wölfin und erkannte, dass der Mann recht hatte. Sie beobachtete Jace und den Lupid, zitterte und versuchte, das mit einem Knurren zu kaschieren. Jace bemerkte die Furcht in ihren Augen und tief reichenden Zorn – eine Frau, die unter etwas litt, jedoch nicht wollte, dass irgendjemand davon wusste.

„Ich versuche Liam die ganze Zeit zu sagen, dass sie ausgeschaltet werden muss“, erklärte der Lupid. „Sie ist eine Gefahr für uns alle.“

Die Wölfin fauchte. Geruch und Körpersprache verrieten Jace, was er wissen musste – das Weibchen war dominant, aber aus einem anderen Clan als der Wolf. Der Mann war aggressiv, selbstsicher und hasste es, wenn ihm jemand überlegen war. In seinem eigenen Clan war er ebenfalls dominant, allerdings stand Jace in der Hierarchie weit über beiden.

Jace blickte dem anderen in die Augen. „Warum hältst du nicht einfach die Klappe, ziehst dich wieder an und schaust, dass du Land gewinnst? Du bist zu labil, um hier heute Nacht zu sein."

Der Mann versuchte, Jaces Blick zu erwidern. Es gelang ihm auch recht gut, doch letzten Endes musste er wegsehen. „Was, du willst mit ihr allein sein? Behaupte nachher nicht, ich hätte dich nicht gewarnt."

„Verzieh dich einfach", forderte Jace ihn auf.

Der Wolf schnaubte. „Wie du willst." Er kam auf die Füße und schlenderte davon, ohne sich darum zu kümmern, dass er nackt war.

Ihre Auseinandersetzung hatte keinerlei Aufmerksamkeit erregt. Ein plötzliches Anschwellen des Lärms aus der Arena verriet Jace den Grund – dort musste ein wichtiger Kampf stattfinden. Die menschlichen Stimmen wurden ergänzt durch Brüllen und Knurren, denn mindestens die Hälfte der Zuschauer würde in Tiergestalt dort sein.

Jace hob seine zerrissenen Kleider auf, brummte verärgert. Er hatte nur begrenzt was zum Wechseln dabei, da er nicht gedacht hatte, dass er lange in Austin sein würde.

Die Jeans hatte nicht allzu viel Schaden genommen, daher zog er sie sich über. Die eingerissenen Nähte klafften auf, als er sich neben die Wölfin hockte und sie erneut musterte.

„Alles in Ordnung mit dir?", fragte er sie. „Wer war der Idiot?"

Die Verachtung in seiner Stimme drang durch die wilde Furcht in ihren Augen. Er sah die Klarheit zurückkehren, und dann wandelte sich die Wölfin in eine Frau mit einem wohlgerundeten, hübschen Körper, kurz geschnittenem weizenblondem Haar und großen grauen Augen.

Sie blieb in der Hocke, bedeckte sich. Jace nahm trotzdem ihren üppigen Busen wahr, und sein Verlangen erwachte. Sie wäre es auf jeden Fall wert, sich mit ihr in die Dunkelheit zurückzuziehen und sich eine Nummer auf der Ladefläche eines Pick-ups zu gönnen.

Nein, sie würde sogar mehr als das wert sein. Das war niemand, mit dem Jace einfach bedeutungslosen Sex haben würde und sie dann vergessen. Nicht, wenn sie ihn mit diesen wunderschönen Augen anschaute.

„Er heißt Broderick“, erklärte sie mit einer Stimme, die Jace direkt unter die Haut ging. „Gewöhnlich ist er der Gewinner des ‚Vollpfosten des Monats‘ hier.“

„Das wundert mich nicht. Aber warum hast du dich eingemischt? Mit einer Sache hat er recht – das war verrückt. Zwei Männchen im Kampf, da hättest du verletzt werden können.“

„Ich hab gesehen, dass er dich fast überwältigt hätte. Und niemand verdient es, grundlos von Broderick verprügelt zu werden.“

„Er hat mich nicht überwältigt“, erklärte Jace mit einem Grinsen. „Ich hatte alles voll unter Kontrolle, dann hat er allerdings *dich* vermöbelt.“

Sie runzelte die Stirn. „Ach, bitte. Ich stand dicht davor, ihn winselnd seiner Wege zu schicken.“

Wie Jace gehofft hatte, sorgte seine Stichelei dafür, dass Ärger ihre Furcht und ihren Schmerz vertrieb. „Nicht zu vergessen, dass dein Halsband losgegangen ist“, fuhr Jace fort. „Bist du sicher, dass alles okay ist?“

Er legte seine Hand seitlich auf ihren Hals, direkt oberhalb des Bandes. Gewöhnlich würde Jace niemanden uneingeladen berühren, vor allem niemanden von einer anderen

Shifterspezies, aber etwas an dieser Frau zog ihn an. Sie musste beruhigt werden.

Ihre Augen weiteten sich ein bisschen, doch sie zuckte nicht zurück. „Was ist mit dir? Dein Halsband hat sich nicht gerührt. Du kannst seine Wirkung dämpfen, richtig? Wie Liam."

Jace strich mit in den Fingern über ihre Haut, während er sich seine Antwort zurechtlegte. „Das sollte nicht allgemein bekannt sein. Davon sollten nur die Kenntnis haben, die es wissen müssen."

„Vielleicht muss ich es wissen. Dylan versucht, es mir beizubringen. Ich beherrsche die Technik allerdings noch nicht."

„In dem Fall werde ich dir ein paar Tricks verraten." Jace fuhr über ihr Halsband nach vorne, und seine Finger verweilten auf dem keltischen Kreuz, das über ihrer Kehle ruhte. „Aber ich sollte besser Dylan finden und ihm sagen, dass ich hier bin, bevor mich die Nachwirkungen davon einholen, die Reaktion unterdrückt zu haben."

„Dylan kämpft gerade", erwiderte die Frau. „Seine Kämpfe sind immer beliebt. Wenn auch kurz. Er wird gleich fertig sein."

Jace legte seine Hand auf ihre. Aus irgendeinem Grund wollte er die Frau weiter berühren, als würde ihm ohne diesen Kontakt irgendetwas fehlen. „Komm doch mit mir. Wir sehen gemeinsam zu, wie er gewinnt."

„Nein." Die Frau begann aufzustehen, und Jace erhob sich ebenfalls und half ihr auf die Füße. Sie versuchte nicht, ihre Nacktheit zu verbergen, eine Shifterfrau, die ihr Körper nicht verlegen machte. „Ich muss gehen. Bist du Jace? Du warst schon mal hier in der Shiftertown, oder?"

„Ja, und warum habe ich dich da nicht getroffen?" Jace wollte ihre Hand nicht loslassen. „Ich bin schon oft hergekommen, kann mich aber nicht erinnern, dich schon mal gesehen zu haben."

„Ich bin … krank gewesen", erklärte sie. „Ich bin Deni. Deni Rowe." Sie musterte ihn besorgt, als wollte sie seine Reaktion auf den Namen einschätzen.

„Ellison Rowes Schwester?", fragte er.

„Ja." Sie betrachtete ihn weiter abwartend.

Jace festigte seinen Griff um ihre Hand. „Warum musst du gehen? Bleib bei mir, und lass uns Dylan zuschauen. Du kannst andere Wölfe davon abhalten, sich auf mich zu stürzen."

Deni lächelte nicht. Sie blickte zur Arena und den vielen Leuten dort, und Jace konnte ihre Nervosität riechen. „Ich kann nicht. Manchmal wecken die Kämpfe …"

„Das Wilde in dir? Sodass du die Kontrolle verlierst?"

Sie warf ihm einen erstaunten Blick zu. „Woher weißt du das?"

„Weil ich deine Augen gesehen habe, als du Broderick angegriffen hast. Du hast dich nicht nur auf ihn gestürzt, um mir zu helfen. Du hast es getan, weil der Anblick unserer Auseinandersetzung in dir den Drang ausgelöst hat, ebenfalls zu kämpfen. Das war wie während meines Übergangs." Jace streichelte ihre Hand, die er immer noch nicht losgelassen hatte. „Alles, was du brauchst, ist, dich an jemandem festzuhalten. Die Berührung wird dich beruhigen und dir Halt geben."

Ein weiterer verblüffter Blick. „Das funktioniert nicht. Selbst meine eigenen Jungen …"

„Probier es aus", forderte Jace sie auf. „Du hältst dich an einem dominanten Shifter fest, und er nimmt dir die Hitze und besänftigt die Wildheit in dir. Das funktioniert. Dafür sind dominante Shifter ja da."

Ein Anflug von Stolz kehrte in Denis Augen zurück. „Willst du damit sagen, du bist dominanter als ich?“

„Ja. Das ist offensichtlich. Du stehst in der Hierarchie über Broderick, und ich wette, du bist im Rang über einer Menge anderer Wölfe – aber nicht über diesem Felid.“ Er legte sich eine Hand auf die Brust.

Sie schenkte ihm ein kleines Lächeln. „Und darauf bildest du dir auch gar nichts ein.“

„Ich zähle nur Tatsachen auf.“ Jace wollte ihre Hand nicht loslassen. „Lass uns deine Kleider finden und gehen. Es sei denn, du möchtest in Wolfsform zuschauen.“

Deni sandte ihm einen weiteren hochmütigen Blick, der ihre Augen noch schöner aussehen ließ, entzog ihm ihre Finger jedoch nicht. „In Ordnung, ich hole sie.“

„Gut.“

Jace ließ sein zerrissenes Shirt liegen – warum sollte er sich auch die Mühe machen, es mitzunehmen? –, aber er bückte sich nach seiner Jacke und folgte ihr in die Dunkelheit, ihre Hand in seiner wie eine Rettungsleine. Eine warme, süße Rettungsleine. Er wollte diese Lupidfrau ganz eindeutig besser kennenlernen.

~

DENIS HERZ KLOPFTE RASCHER, WÄHREND SIE SICH DEN Sarong umwickelte, den sie abgestreift hatte, bevor sie sich in den Kampf mit Broderick gestürzt hatte. Dessen arroganter Geruch hatte sie wütend gemacht, und sie hatte ihn verprügeln wollen, weil er den anderen Shifter angegriffen hatte, ohne ihn herauszufordern.

Dann hatte sie gespürt, wie ihre Erinnerungen verschwanden und das Wilde in ihr die Kontrolle übernahm. Sie zitterte. Die Wildheit in ihr hatte sich erst zurückgezogen, nachdem Jace den Wolf überwältigt hatte und Deni nicht länger kämpfte.

Jace hatte sich nicht umgedreht und sie sich vorgeknöpft, wie es eigentlich sein Recht gewesen wäre. Stattdessen hatte er sie sanft berührt und sie mit seiner Sandpapier-Felidzunge geleckt, dann ihre Hand gehalten, nachdem sie wieder Menschengestalt angenommen hatte.

Deni war immer noch zittrig, als sie den Hauptbereich des Kampfclubs erreichten. Jace hielt weiter ihre Hand in seiner. Sie war warm und rau von Schwielen, aber sein Griff war stark. Er war ein Kämpfer, ein Krieger.

Wenn Dani sich recht erinnerte, war Jace Warden der Sohn von Eric Warden, dem Anführer der Las Vegas Shiftertown. Jace stand dort an dritter Stelle, an zweiter befand sich Erics Schwester. Jace war aus dem dominanten Shifterclan seiner Stadt, aus dem dominantesten Rudel dieses Clans. Ganz oben an der Spitze.

Normalerweise ärgerten Alphas Deni, weil sie so arrogant waren, doch von Jace nahm sie nur Sorge wahr und den Wunsch, sie zu schützen. Ein Alpha, der daran interessiert war, sich um andere zu kümmern. Was für eine merkwürdige Vorstellung.

Die größte Zuschauermenge hatte sich um den Kampfring in der Mitte versammelt – die beiden anderen waren leer. Aus vielen Kehlen, menschlich und tierisch, kam wildes Geschrei, freudig von denen, die gewannen, und Stöhnen von denen, die unvorsichtig genug gewesen waren, nicht auf Dylan zu setzen.

Jace bewegte sich durch das Gedränge an den Ring. Shifter traten beiseite für ihn, die meisten, ohne es zu merken. Instinkt, vermutete Deni – sie spürten, dass sie aus Jaces Weg verschwinden sollten, bevor er es ihnen befahl.

Ein großer Mann wartete am Rand des Rings, die Arme

verschränkt, das Schwert des Wächters auf den Rücken geschnallt. Deni verspürte immer ein leises Unbehagen, wenn sie das Schwert sah, das dazu diente, einem sterbenden Shifter durchs Herz gestoßen zu werden. Das Schwert durchbohrte es, der Shifter verwandelte sich in Staub, und seine Seele gelangte ins Sommerland.

Das Schwert schimmerte leicht in dem flackernden Lichtschein. Andere Shifter machten um den Wächter einen großen Bogen, fühlten sich in seiner Gegenwart ebenfalls nicht wohl. Es war irgendwie unfair Sean gegenüber, fand Deni immer, aber er machte einen viel glücklicheren Eindruck, seit er eine Gefährtin hatte.

Eine menschliche Frau stand neben Sean – nicht seine Gefährtin, sondern die leicht ausgeflippte Frau, die mit Ronan zusammen war, einem Kodiakbär, der gerade jetzt im Ring war und gegen Dylan antrat. Die Frau – Elizabeth – sprang auf die Zementblöcke, die den Ring einfassten, und feuerte Ronan aus Leibeskräften an.

Sean übernahm vermutlich die Rolle des Sekundanten für Dylan, seinen Vater. Die Aufgabe eines Sekundanten bestand darin, sicherzustellen, dass niemand den Kampf manipulierte oder sich einmischte, und dass die Gegenseite nicht betrog. Dylan und Ronan würden nicht zu unredlichen Mitteln greifen, bei anderen Shiftern war es allerdings nicht völlig ausgeschlossen. Die Sekundanten gab es nicht grundlos.

Dylan war der schwarzmähnige Löwe, der fauchend in der Mitte des Rings stand und sich mit blitzschneller Geschwindigkeit bewegte, während er den viel größeren Kodiak angriff. Ronan hatte sich vollständig zum Bären gewandelt, sein Nackenfell war gesträubt, und in seinen Augen funkelte Kampfeswut. Sein Halsband sprühte wie wild Funken, Dylans war hingegen völlig still.

„Unfairer Vorteil“, sagte Jace Deni leise ins Ohr. „Dylan weiß, was er tun muss, dass sein Halsband nicht auslöst.“

Deni musste den Kopf recken und sich auf Zehenspitzen stellen, um ihm ihre Antwort ebenfalls ins Ohr zu flüstern. Seine Hand in ihrer war warm, und sie lehnte sich dicht zu ihm. „Darum kämpft er ja nur gegen die Stärksten: Ronan oder Spike, der der Champion ist. Manchmal lässt Dylan sein Halsband absichtlich losgehen, damit es interessant bleibt.“

„Aber gewöhnlich siegt er ohnehin“, beendete Jace den Satz für sie.

Er besaß einen tiefen Bariton, und seine Stimme kitzelte sie im Ohr, sein heißer Atem verstärkte das noch. Sie drückte seine Finger ein wenig, und wurde mit einem Gegendruck belohnt.

Ronan brüllte, sein Halsband sprühte Funken, und seine Gefährtin feuerte ihn lautstark an, doch Deni sah, dass sie besorgt war. Es wurde zwar nicht bis auf den Tod gekämpft, trotzdem bestand natürlich die Gefahr ernsthafter Verletzungen.

Deni konnte Elizabeths Aufregung, in die sich Angst mischte, riechen. Ihr entging auch Seans Anspannung nicht, während er seinem Vater beim Kampf zuschaute. Falls etwas schiefging, falls einer der Shifter so schwer verletzt wurde, dass der Wächter gebraucht wurde, würde Sean sein Schwert entweder seinem Vater oder einem sehr guten Freund ins Herz stoßen müssen.

Deni bemerkte seine Sorgen – Sean hatte vor Jahren einen seiner Brüder in Staub verwandeln müssen –, die sich zu der Sorge in ihrem eigenen Herzen gesellte. Sie wünschte sich, ihre Jungen wären hier, ihre Söhne, aber sie waren bei ihren Jobs in der Stadt und verdienten das wenige Geld, das Shiftern zu verdienen erlaubt war.

Dylan wich vor Ronans Angriff zurück, die Ohren flach am Kopf. Er brüllte nicht – Dylans Brüllen würde in der ganzen Stadt zu hören sein –, doch sein Fauchen war laut und angsteinflößend genug.

Das Geräusch traf auf Denis ohnehin schon gespannte Nerven, sprach die Wildheit in ihr an. Alle Shifter hatten den Instinkt, jegliche Zivilisiertheit abzustreifen und ihre animalische Seite anzunehmen, zu der Zeit zurückzukehren, als sie zum Kampf und zur Jagd gezüchtet worden waren. Selbst nach tausend und mehr Jahren hatten Shifter die gleichen Urinstinkte – kämpfen oder getötet werden, jagen oder gejagt werden.

Shifter unterwarfen sich strengen Regeln, um das Tier in sich zu zähmen. Um sich davon abzuhalten, sich gegenseitig zu zerfleischen, nachdem sie sich von ihren Herren, den Feen, befreit hatten, hatten die Shifter sich darauf geeinigt, dass gewisse Rituale stattfinden mussten in Bezug auf Gefährten, Kampf und auch den Tod. Wenn sie sich nicht an sie hielten, wären sie einfach nur Tiere, die sich den Anschein geben konnten, menschlich zu sein.

Denis Motorradunfall letztes Jahr hatte ihr die dünne Schicht Zivilisiertheit genommen, die sich Shifter anzueignen bemühten. Der Unfall musste irgendetwas in Deni losgetreten haben, weil sie seitdem ständig gegen ihre Instinkte ankämpfen musste und diesen Kampf oft genug verlor. Das Wissen, dass der Bastard, der sie angefahren hatte, tot war, hatte geholfen, aber sie hatte noch einen weiten Weg vor sich.

Inmitten des Knurrens, Fauchens, Brüllens und der Anfeuerungsrufe, mit dem Geruch von Blut und Schweiß, der aus dem Ring aufstieg, begannen sich Denis Gedanken zu verwirren. Ihr Geruchssinn verschärfte sich, ließ sie die Aufregung der Shifter, die Blutlust in Dylan, das von den

Funken des Halsbandes verbrannte Fell, den männlichen Geruch von Jace Warden neben ihr deutlicher wahrnehmen.

Vermutlich wäre alles in Ordnung gewesen, solange sie Jaces Hand hielt, die sie beruhigte, wenn die kämpfenden Shifter jemand anders gewesen wären, doch Dylan hatte eine machtvolle Shifter-Präsenz. Dass er ein Alpha war, hieß nicht einfach, dass er Kämpfe gewann und Shiftern solche Angst machte, dass sie sich ihm unterordneten. Es war etwas Undefinierbares an ihm – Geruch, Stimmlage, ein subtiler Drang, diesem Mann zu folgen. In Tiergestalt war es noch offensichtlicher, und Dylan sandte seine machtvolle Botschaft laut und deutlich aus.

Seit dem Unfall war Deni imstande gewesen, ihre tierischen Sinne auch in Menschengestalt in vollem Ausmaß zu nutzen. Alle Shifter verfügten auch als Mensch über überlegene Sinne, konnten besser hören, riechen und aufspüren, aber die Wahrnehmungen waren irgendwie gedämpft und ließen sich beiseiteschieben, sodass die Shifter als Menschen leben konnten, ohne verrückt zu werden.

Doch bei Deni klappte das nicht. Sie musste ständig gegen sich selbst ankämpfen, um sich nicht zu wandeln, jemanden anzugreifen oder sogar zu töten, wenn sie verwirrt und verängstigt oder zornig war. Paria werden hieß das. Ihr Halsband versuchte sie durch Schocks zur Vernunft zu bringen, das führte allerdings nur zu mehr Schmerzen, mehr Verwirrung, mehr Zorn.

Deni roch Dylans Kämpferblut, das allen Anwesenden verkündete, dass er viel stärker und gewiefter war als der riesige Bär, gegen den er antrat. Ronan hieb weiter mit seinen gewaltigen Pranken auf den kleineren Löwen ein. Dylans wendiger Körper vollführte fließende Bewegungen unter den Schlägen, die jeden anderen Shifter vernichtet hätten, der stillgestanden und ihre volle Kraft zu spüren bekommen hätte. Dylans Pfoten wirbelten blitzschnell, trieben den Bären mit der treffsicheren Kraft einer Raubkatze zurück.

Denis Wolf erwachte zum Leben. Sie wollte sich in den Ring werfen, Dylan zur Seite springen und ihm helfen. Er war ihr Alpha – er war lange Zeit Anführer aller Shifter gewesen, bevor er seine Stellung für seinen Sohn geräumt hatte. Ronan stand unter Deni, und er hatte es gewagt, Dylan herauszufordern. Jetzt musste er dafür büßen.

Deni ballte ihre freie Hand zur Faust, biss die Zähne so fest zusammen, dass es wehtat. Sie sollte nicht hier sein – sie hätte heimkehren und sich nicht von Jace überreden lassen sollen, dem Kampf zuzuschauen. Jetzt wollte sie mehr als alles andere die Regeln des Kampfclubs brechen und sich in den Ring stürzen. Ronan würde sie bewusstlos schlagen, bevor er sich davon abhalten konnte, aber das war ihrem Wolf egal. Der Bär musste zu Boden gehen.

Deni begann tief in der Kehle zu knurren, wurde lauter. Ihr Halsband löste aus, trotzdem hörte sie nicht auf. Sie konnte nicht aufhören. Und das machte ihr am meisten Angst.

„Hey", sagte eine tiefe Stimme dicht an ihrem Ohr. „Reiß dich zusammen."

Jace. Sie spürte die Wärme seines Körpers neben sich. Sein Befehl erreichte ihr inneres Tier und besänftigte das Bedürfnis, sich zu wandeln. Deni erkannte, dass ihre Finger sich bereits zu Wolfskrallen verformt hatten. Fell hatte sich über ihren Rücken ausgebreitet, der durch den Sarong nicht verhüllt war.

Jace ließ ihre Hand nicht los, obwohl sie spüren konnte, dass ihre Krallen ihm die Haut aufrissen. Er streichelte ihr warm und beruhigend über den Rücken, der wieder mit menschlicher Haut bedeckt war.

„Willst du gehen?“, fragte er sie.

Deni nickte. Sie konnte nicht mehr viel sehen – die Feuer und die Laternen verschwammen zu einem wirbelnden Licht. Die Rufe und das Fauchen und Knurren verschmolzen zu einem einzigen tierischen Laut.

Jace nahm sie mit, war wieder einmal die Rettungsleine, die sie sicher durch die Menge führte. Inmitten des johlenden, durcheinanderwirbelnden Wahnsinns war Jace die Konstante, ihr Anker, und seine Wärme zog sie mit sich.

Er brachte sie auf den Parkplatz, weg von den Lichtern. Sobald die kühle Nachtluft sie einhüllte, die Dunkelheit die wahnsinnig machenden Lichter ablöste, atmete Deni tief durch. Die letzten Überreste des Fells und ihre Krallen bildeten sich zurück, und sie stand in ihrer menschlichen Gestalt zitternd vor ihm.

„Das hätte ich nicht tun sollen“, sagte Jace, während sie sich ihren Weg zwischen den parkenden Autos suchten. Sie hörte seine Stimme, achtete jedoch nicht besonders auf die Worte. „Ich hätte dich dort nicht hinbringen dürfen. Mir war nicht klar, dass es so schlimm ist.“

„Es ist schlimm“, gab Deni ihm recht, konzentrierte sich auch nicht auf ihre eigenen Worte. „Ich hätte heute Nacht zu Hause bleiben sollen, aber ich musste …“ Sie erschauerte. „Ich weiß nicht, was ich musste.“

Das stimmte nicht ganz. Deni hatte allem entfliehen müssen, leben wollen, sich nicht im Dunkeln verstecken. Ihre Söhne waren zur Arbeit gegangen, Ellison hatte seine Gefährtin Maria zum Essen ausgeführt und vermutlich auch zu Sex, und die anderen Bewohner der Shiftertown waren zum Kampfclub gegangen. Zu Hause sitzen und Trübsal blasen oder mit ihren Freunden und Nachbarn weggehen? Trübsal blasen war sie so leid gewesen, daher war sie hier.

Denis unkontrollierte Instinkte straften sie jetzt. Jace hatte gewusst, dass er sie rausbringen musste, bevor sie eine Dummheit beging, doch die Wildheit in ihr legte sich nicht. Sie brauchte ein Ventil.

Denis Wolf musste kämpfen, jagen und töten. Da das ausgeschlossen war, wollte die Wölfin in ihr das, was dem am nächsten kam.

Abrupt drehte sie sich zu Jace um, und sein Geruch füllte sie aus, seine Stärke sprach sie an. Er war verlässlich und stark, Alpha, Mann und mit ihr hier in der Dunkelheit. Sie hätte sich nicht zurückhalten können, selbst wenn sie es gewollt hätte.

Sie stemmte Jace beide Hände gegen die Brust. Er fasste sie mit starkem Griff, ließ sich mit ihr gegen einen Pick-up sinken. Er roch männlich und nach Moschus, ein bisschen wild, wie der Wald in einer sternenklaren Nacht. Der Mond stand hoch und voll am Himmel, was für einen Wolf stets unwiderstehlich war.

Jaces Augen waren ungewöhnlich, ein strahlendes Jadegrün, und die Farbe wurde durch sein gebräuntes Gesicht und das schwarz-braune Haar, das er so kurz trug, noch betont. Er war auch groß, aber wendig und athletisch.

Er schaute sie an, schob sie nicht von sich, war nicht verärgert. Er beobachtete sie einfach.

Ein weiteres Anschwellen des Lärms drang aus der Arena zu ihnen herüber, Menschen und Tiere verlangten nach Blut. Deni fauchte, presste Jace gegen den Wagen und küsste ihn fest auf den Mund.

KAPITEL ZWEI

Plötzlich stand Jace mit dem Arm voll atemberaubender Frau da. Einer sexhungrigen atemberaubenden Frau. Ihr Kuss presste ihn flach gegen den Pick-up, und die Tür drückte sich ihm in den Rücken.

Auf der Vorderseite seines Körpers versank er in betörender Weichheit – Brüste, Hände, Schenkel. Denis Mund bedeckte seinen, ihre Lippen suchten seine, und sie schob ihm die Zunge in den Mund, schmeckte würzig und wild.

Jace versuchte, sie von sich zu schieben, aber stattdessen umfing er ihr Handgelenk und zog sie nur noch näher. Ein weiteres Brüllen erklang aus der Arena, weckte neue Energie in ihr und im Gegenzug Jaces Hitze.

Der Sarong überließ nicht viel der Fantasie, das Kleidungsstück war lediglich über einer Schulter verknotet und schmiegte sich an ihre Hüften, sodass Denis Hals, Arme und ein Großteil ihres Rückens nackt waren. Ihre warme Haut fühlte sich unter Jaces Fingern wie Samt an, ihre Rundungen waren unwiderstehlich. Sie war ganz Shifterfrau mit der typisch weiblichen Figur.

Deni war hochgewachsen wie alle Shifterfrauen, doch Jace war größer. Er zog sie an sich, mochte es, wie gut ihr Körper an den seinen passte. Ihre Pobacken füllten seine Hände, ihr Busen war wunderbar weich.

Er öffnete seinen Mund über ihrem, erwiderte ihre leidenschaftlichen Küsse. Sie war heiß in seinen Armen, sie roch gut, und ihr Haar glitt wie kühle Seide über seine Haut.

Es war aufregend und erotisch, eine Frau, die er gerade erst kennengelernt hatte, an sich zu spüren – sie waren beide aufgewühlt vom Anblick des Kampfes und wollten sich mit wildem, fieberhaftem Sex Erleichterung verschaffen. Einige Shifter taten das bereits hier auf dem Parkplatz, mit Menschen oder anderen Shiftern. Dem Geruch und den Geräuschen nach waren sie in Autos oder in den Schatten jenseits davon dabei, willenlos übereinander herzufallen.

Deni tastete nach dem Knopf seiner Jeans, und ihre Finger glitten über den Reißverschluss. In ein paar Sekunden würde sie ihn in den Händen halten, und er wäre verloren.

„Nicht hier", gelang es ihm herauszupressen. Er besaß noch genug Geistesgegenwart, nicht dabei erwischt werden zu wollen, Ellison Rowes Schwester am Pick-up eines Shifters zu vögeln. Ein paar Schritte nur, und sie würden im Dunkeln sein, auf dem harten texanischen Boden.

Deni nickte, ihre Augen hatten das Hellgrau ihres Wolfes angenommen. Jace hob sie hoch und lief mit ihr aus dem Lichtschein.

Er machte sich nicht die Mühe, eine weiche Stelle zu finden, an der sie sich hinlegen konnten. Er war stark genug, das Gewicht von ihnen beiden zu halten. Ein leichtes Ziehen, und der Sarong rutschte nach unten, entblößte sie ihm. Jace drückte seine Nase an ihren Hals, während er an ihrer Haut knabberte. Er liebte es, wie sie roch. Weiblich, stark, schön.

Deni gelang es, seine Jeans zu öffnen. Jace ließ den groben Stoff über seine Beine rutschen, dann folgte seine Unterwäsche. Er hob sie hoch, fasste sie an den Hüften, und sie glitt auf ihn.

Ihre Augen weiteten sich, wunderschöne silbergrauweiße Augen, Mondscheinaugen. Jace stützte ihren Kopf mit einer Hand, liebte es, wie sich ihr Haar zwischen seinen Fingern anfühlte, und er küsste sie.

Die heiße, herrliche Frau umschlang ihn, so ausgehungert nach Sex, wie er es war. Jace war tief in ihr, und es war unfassbar befriedigend, füllte die Leere in ihm, so wie er sie füllte.

Deni stöhnte leise an seinem Mund. Jace entließ sie aus seinem Kuss, auch wenn er es nicht wollte, lieber weitergemacht hätte. Göttin, was für ein Glück für ihn, dass sie sich in seinen Kampf eingemischt hatte.

Er drang tiefer in sie, hob sie an, die Hände unter ihren Pobacken, und zog sie wieder zurück auf sich in kleinen, schnellen Stößen. Sie waren beide nicht länger still, und auch nicht leise. Jeder, der vorbeikam, würde wissen, dass zwei Shifter es im Dunkeln miteinander trieben.

Das hier war rauer Sex. Keine Raffinesse, keine Romantik. Nur ein Mann und eine Frau, die miteinander taten, wozu die Göttin sie erschaffen hatte. Zusammenkommen, eins werden, neues Leben erschaffen.

„Jace."

Deni rief seinen Namen, dann fiel ihr Kopf nach hinten, und die Leidenschaft ließ sie stöhnen. Jace hielt sie fest, stützte ihrer beider Gewicht, stellte die Füße weiter auseinander und bewegte die Hüften, um mehr von ihr zu bekommen.

Er presste sie fest gegen sich, spürte, wie sich sein Samen sammelte in dem Drang, sie zu erreichen. Mehr als alles andere wollten Shifter mehr Shifter machen, und Jaces Körper wusste das genau. Instinkt, Verlangen, wie auch immer man es nennen wollte. Es übernahm die Kontrolle, und er konnte nicht dagegen ankämpfen.

„Verdammte Hölle“, flüsterte er, als der Höhepunkt ihn mit sich riss, heftiger als er es je zuvor erlebt hatte. Er spürte, wie er sich in ihr verströmte und sie seinen Samen empfing, hörte seine eigenen Schreie, die in ihren untergingen, und aus der Entfernung ein Aufwallen von Lärm über den finalen Sieg aus der Arena.

Jace erschauerte, und was auch immer er hatte sagen wollen, war in der Nacht verloren. Deni klammerte sich an ihn, ihr lustvolles Keuchen durch nichts gedämpft. Sie klammerte sich bis zum letzten Stoß an ihn, und dann hielt Jace sie einfach in seinen Armen, während er sich darüber wunderte, dass er einfach so etwas derart Wunderschönes gefunden hatte.

Sein Körper verzehrte sich immer noch vor Verlangen. Er spürte, wie sein Schwanz wieder hart wurde, nicht, dass er in irgendeiner Weise auffällig erschlafft gewesen wäre.

Hölle, nein. Jace verspürte Hitze, Begierde tobte durch seinen Körper. Er hatte gedacht, ein schnelles Intermezzo im Dunkeln würde ihm genügen – dass es ihnen beiden genügen würde.

Aber der Shifter in ihm hatte andere Ideen. *Gefährtin. Besitzen. Mein.* „Verdammte Hölle“, flüsterte er noch einmal.

Das hier war kein günstiger Augenblick für Paarungswahn – dieses grundlegende Verlangen der Shifter, den Gefährten oder die Gefährtin an einen sicheren Ort zu schaffen, wo sie tagelang Sex haben konnten. Und dann noch ein paar Tage mehr. Ja, Wochen, oder auch Monate, wenn nötig. Und erst wieder zum Vorschein zu kommen, wenn sie beide halb verhungert und restlos erschöpft waren und die Frau schwanger war.

Shifter konnten sich an ihre Regeln und Rituale halten, die Zeremonien, die Gesetze, das Protokoll – wie auch immer sie es in diesem Jahrhundert nennen wollten –, nur die Wahrheit lautete, dass der Paarungswahn sie jederzeit überfallen und nicht wieder loslassen konnte.

Die Frau in Jaces Armen hatte seinen Wahn wie noch keine vor ihr geweckt. Das war Irrsinn. Er hatte sie gerade erst getroffen – er kannte sie noch keine Stunde. Aber dem Paarungswahn war das völlig egal.

Mit einiger Mühe zwang Jace sich, sie loszulassen. Wenigstens konnte er Deni die Chance geben, die Flucht zu ergreifen.

Dann kann ich sie jagen, sagte sich der Leopard in ihm voller Freude. *Ihr nachjagen, sie fangen. Sie zu der Meinen machen.*

Er war so was von am Arsch.

Deni schnappte nach Luft. Jace hatte den Blick nicht von ihr losreißen können, dem hellen Haar und ihrem Gesicht, das ein blasser Fleck in der Dunkelheit war, doch jetzt waren ihre Augen groß vor Angst, als sie auf etwas hinter ihm schaute. Jace drehte den Kopf, um zu sehen, was sie beunruhigte, und ihm stockte der Atem.

Jenseits der Ebene hinter der Arena, ungefähr noch eineinhalb Kilometer entfernt, würde Jace schätzen, näherten sich Lichter. Blitzende Lichter, rot und blau, und weiße Scheinwerferkegel. Unfassbar viele, dazu heulende Sirenen, und alle waren unterwegs zur Arena.

„Mist.“ Jace zog sich die Jeans wieder hoch und zerrte am Reißverschluss, während Deni nach ihrem heruntergefallenen Sarong tastete. Sie wickelte die Stoffbahn um sich und verknotete sie mit fliegenden Fingern. Ihr Herz klopfte schnell.

Menschliche Polizei strömte auf sie zu, raste zu dem verbotenen Shifter-Kampfclub. Das war nicht gut. Überhaupt nicht gut.

Während Jace sich noch seine Jeansjacke überzog, begann er schon zur Arena zu rennen. Deni folgte ihm, und jede Faser ihres Körpers war wie unter Strom. Ein Jahr lang war sie nur halb wach gewesen, doch in diesem Augenblick fühlte sie sich trotz der drohenden Gefahr *lebendig*.

Es machte sie ein bisschen verlegen, dass sie so über Jace hergefallen war, kaum imstande gewesen war, ihren Paarungsdrang zu beherrschen, aber gütiger Gott und Göttin, er hatte sie im Sturm erobert. Deni war beiläufiger Sex nicht fremd – Shifter mussten oft Dampf ablassen. Das hier überstieg allerdings in Bezug auf Intensität alles, was sie bislang erlebt hatte.

Deni konnte nicht aufhören, Jaces schlanke Gestalt zu betrachten, während er rannte, und die Eleganz der Bewegungen seiner Raubkatze war selbst in seiner menschlichen Gestalt noch wahrnehmbar. Er roch nach Straße, dem Staub von Texas, nach sich selbst und jetzt auch nach dem, was sie zusammen getan hatten. Die Mischung bewirkte, dass Deni ihn einfangen, zu Boden werfen und sich auf ihn stürzen wollte. Es war völlig schamlos, aber er war wunderschön, männlich und stark, und Deni begehrte ihn mit einer Intensität, die sie beunruhigte. Selbst die sich schnell nähernden Scheinwerfer und die Sirenen konnten ihrer Lust keinen Dämpfer versetzen.

Deni sprintete an Jaces Seite in die Arena und sah

gleich, dass Dylans Kampf beendet war, obwohl es noch nicht leiser geworden war. Ronan hockte auf einer Bank, wieder in Menschengestalt, atmete schwer und wirkte reuig. Seine Gefährtin rieb seinen nackten Körper mit einem Handtuch ab und streichelte ihn auf eine Weise, die ihm versicherte, dass alles in Ordnung war und sie ihn immer noch liebte.

Dylan trug seinen Triumph still, prahlte nicht damit. Seine Gefährtin, eine große Blondine namens Glory, schaute ihn hingegen bewundernd an, und ihr Blick wanderte genüsslich über seinen Körper. Sie öffnete den Mund, wollte sich vermutlich damit brüsten, dass ihr Gefährte unbesiegbar war, doch Jaces Stimme erhob sich über den Lärm.

„Bullen!", brüllte er. „Auf dem Weg hierher. Jetzt!"

Die Shifter, die gefeiert oder über Ronans Niederlage gemurrt hatten, waren sofort aufmerksam. Sie hielten inne, fuhren herum, starrten Jace an oder schauten hinter ihn. Ruhe, Schweigen und tierischer Argwohn gewannen die Oberhand, tilgten alles Menschliche in ihnen.

Dann rief einer der Shifter: „Alle Mann in Deckung!", und der Lärm brach wieder los.

„Nein!", schrie Jace über das Getöse hinweg. „Stopp!"

Die Kraft seiner Stimme sorgte augenblicklich für Ruhe. Jace besaß die Ausstrahlung eines Anführers, bemerkte Deni voller Bewunderung, die Fähigkeit, andere dazu zu bewegen, stillzuhalten und zuzuhören, egal, wie übel die Lage war.

Jace hielt die Hände hoch. „Wenn wir davonlaufen, werden sie uns jagen", erklärte er, und seine Worte drangen bis in die hinterste Ecke der Arena. „Die Langsamsten werden gefasst werden."

Die Beunruhigung unter den Shiftern ließ nicht nach,

das konnte Deni erkennen, und es roch deutlich nach Angst. Sie wollten flüchten, zur Hölle mit den Konsequenzen.

„Der Junge hat recht", pflichtete ihm Dylan bei. Trotz der blauen Flecken und Schrammen auf seinem Körper stand er aufrecht, in den blauen Augen Hitze. „Niemand wird gefasst. Wir erwarten sie hier."

„Dann werden wir alle verhaftet", rief jemand anders.

Dennoch bewegte sich niemand. Sie würden Dylan niemals ignorieren.

„Nein, werden wir nicht", widersprach Deni. Sie trat auf einen der Zementblöcke, benutzte Jaces Schulter, um sich abzustützen. „Sie werden uns aufspüren. Es ist nicht genug Zeit, sicher zu verschwinden. Aber wir können entscheiden, was sie finden. Ich hab eine Idee."

Mit ein paar kurzen Sätzen umriss Deni, was ihr vorschwebte. Die Menschen schauten einander ratlos an, doch die Shifter-Gesichter begann sich zu entspannen, und anstelle der Angst trat Grinsen.

„Sehr gerissen, Süße", bemerkte Jace. Seine Hand auf ihrem Rücken war warm, und er lächelte sie an. „Gibt es irgendwas, worin du nicht gut bist?"

Deni wurde ganz heiß, ihr Gesicht flammend rot, während seine Augen funkelten. Sie war sich nicht sicher, welche Folgen ihre leidenschaftliche Begegnung mit Jace auf dem Parkplatz haben würde. Der Blick, den er ihr zuwarf, sorgte allerdings dafür, dass sie beschloss, die Kontrolle zu verlieren, war es wert gewesen.

„Ihr habt sie gehört", verkündete Dylan. „Das ist es, was wir tun werden."

Shifter verteilten sich, organisierten sich, wie das nur Shifter konnten, wenn es notwendig wurde. Die Polizeiautos mit ihren blinkenden Lichtern kamen näher, das Heulen der Sirenen zerriss die Luft. Deni spürte weiter die

Furcht, die alles durchdrang – die anwesenden Menschen konnten sie kaum verbergen, während die Shifter sich alle Mühe gaben, sie zu verdrängen.

Wellen von Panik erfassten sie, drangen auf Denis bereits unter Strom stehende Nerven ein. Der Wolf in ihr knurrte, wollte sich wandeln, sich den Feinden entgegenstellen und sie in die Flucht schlagen. Ihnen nachjagen, falls das nötig war, und sie zur Strecke bringen.

Deni ballte die Hände zu Fäusten, erschauerte, und ein Schweißtropfen lief ihr den Rücken hinab. Verdammt. Wenn sie jetzt die Kontrolle verlor, wäre das für sie alle der Untergang.

Eine tröstende Berührung, warm auf ihrer Schulter. „Ganz ruhig", flüsterte ihr Jace zu, und sein Atem strich über ihr Ohr.

Er lehnte sich an sie, und seine Körperhitze hüllte sie ein, sein Geruch vertrieb die Anspannung in ihr. Denis Furcht verschwand, ersetzt durch Erleichterung und neues Verlangen. Jace legte seine Hand in ihre, und sie lehnte sich ihrerseits gegen ihn, wollte sich wieder an seinen großen Körper schmiegen.

Sean kam zu ihnen, und das Schwert auf seinem Rücken schimmerte. Er ergriff Denis andere Hand, während die Shifter Kreise bildeten. „Gute Idee, Deni. Kompliment", erklärte er.

Dann weiteten sich seine Nasenlöcher, und er nahm ihren Duft vermischt mit Jaces wahr. Sein Blick schärfte sich, während er über Jace und dessen zerzaustes Haar und Denis hastig zugebundenen Sarong wanderte. „Wow", sagte er zu Jace. „Du bist wie lange in Austin? Zwanzig Minuten? Du hast nicht mal erst was gegessen."

Deni wurde wieder ganz heiß, obwohl sie unter Seans Musterung das Kinn reckte und seinen Blick erwiderte.

„Mach mal halblang“, erwiderte Jace. „Bring sie nicht in Verlegenheit.“

„Nur wenn du auch halblang machst.“ Sean brach nicht in Gelächter aus, aber sein breites Grinsen verriet seine Belustigung.

„Haltet beide die Klappe“, beschied ihnen Deni, die davon überzeugt war, dass ihr Gesicht tiefrot sein musste. „Sie sind hier.“

Jede Polizeiwache und jede Dienststelle, die im Umkreis mit der Einhaltung der Gesetze betraut war, musste auf die Meldung reagiert haben, dass Shifter hier oben waren. Autos und SUVs umgaben die Arena, Flutlicht erhellte die Kreise aus Shiftern, schimmerte in Augen und glänzte auf Halsbändern. Polizisten in schusssicheren Westen kamen aus den verschiedenen Fahrzeugen und strömten in die Arena, beladen mit Schusswaffen, Ketten, Netzen und Betäubungsgewehren. Sie waren gekommen, bereit, sie alle zusammenzutreiben.

Die Beamten blieben stehen, als sie keine im Kampfeswahn miteinander ringenden Shifter vorfanden, sondern Shifter und Menschen, die still in Kreisen beieinander standen. Der größte davon, zu dem auch Deni und Jace gehörten, umriss die Ränder der Arena und enthielt wiederum mehrere Kreise, die zur Mitte hin immer enger wurden. Die Shifterkreise bewegten sich langsam, jeweils in entgegengesetzter Richtung zu dem direkt davor. Die Shifter gingen mit gemächlichen und schlurfenden Schritten. Der kleinste Kreis war um Dylan, Glory und Dylans Enkel Connor gebildet, der vor einer brennenden Mülltonne stand.

Die Shifter hielten sich an den Händen – oder hatten ihre Schwänze um Hände gewickelt, falls sie immer noch in Tiergestalt waren – und sangen ein Gebet zur Göttin, während sie sich bewegten. Jeder Shifter sprach leise, aber die miteinander erhobenen Stimmen stiegen zum Sternenhimmel empor.

Deni umfasste Jaces Hand auf der einen Seite und Seans auf der anderen fester. Sean müsste eigentlich im innersten Kreis mit seinem Vater und seinem Neffen zusammen sein, doch er war hier stehen geblieben, um dafür zu sorgen, dass es Deni gut ging, und hatte dann keine Zeit mehr gehabt, in die Mitte zu kommen.

Sean hatte seinen Blick auf den innersten Kreis gerichtet und auf seinen Vater, aber Jace blickte nach unten zu Boden und hatte die Schultern hochgezogen. Diese Körperhaltung half ihm, kleiner auszusehen, als er war, weniger herausfordernd, einfach nur ein weiterer Shifter in der Menge. Deni begriff, warum. Jace dürfte eigentlich gar nicht in Texas sein. Falls die menschliche Polizei herausfand, dass er aus Las Vegas stammte und ohne offizielle Erlaubnis hier war, würde er verhaftet werden, und von da an konnte es nur schlimmer werden.

Shiftern war es ohne schriftliche Genehmigung nicht gestattet, den Staat zu verlassen, in dem ihre Shiftertown lag. Und die besaß Jace nicht. Deni wusste das, ohne fragen zu müssen – so eine Genehmigung war schwierig zu erhalten, und außerdem dauerte es ewig.

Jace war im vergangenen Jahr häufig nach Austin gekommen, um mit Dylan und Liam an den Halsbändern zu arbeiten. Shifter wie Jace hatten herausgefunden, wie sie wohin auch immer sie wollten reisen konnten, wann immer ihnen der Sinn danach stand, doch die Menschen brauchten das nicht wissen. Wenn einer der Polizisten bemerkte, dass Jace nicht von hier war …

Deni stellte sich anders hin, sodass sie und Sean beide Jace von den Polizisten abschirmten, die ihnen am nächsten waren.

Die Beamten waren unsicher stehen geblieben, aber sie hielten ihre Waffen weiter auf die Shifter gerichtet, und auch die Betäubungsgewehre waren im Anschlag. Die zwei verantwortlichen Cops, ein Mann und eine Frau, bahnten sich einen Weg durch die Reihen, bis sie bei Dylan in der Mitte angekommen waren.

„Sagen Sie mir, was zur Hölle hier vor sich geht", verlangte der Mann, die Pistole auf Dylan gerichtet.

Dylan bedachte ihn mit einem kühlen Blick. „Wir halten hier eine religiöse Zeremonie ab." Seine Worte klangen klar und deutlich, und die Shifter stellten ihren Sprechgesang ein und schwiegen. „Wie sieht es denn aus?"

„Was für eine religiöse Zeremonie?", wollte der Mann wissen, nicht im Geringsten beeindruckt. „Erklären Sie sie mir."

„Das ist privat." Dylans Stimme enthielt Schärfe.

„Schön die Ruhe bewahren, Dad", flüsterte Sean, den Blick fest auf seinen Vater gerichtet, als könnte er ihn mit Gedankenkraft dazu bringen.

„Ich kann hier jeden verhaften lassen", entgegnete der Polizist. „Und jeden einzelnen von Ihnen befragen. Ich habe genug Leute und auch ausreichend Zeit. Oder ich kann auch nur Sie verhaften, Morrissey. Sie haben die Wahl."

Connor meldete sich zu Wort, seine Stimme war schrill und ließ ihn ein paar Jahre jünger klingen, als er war. „Es ist eine Gedenkzeremonie. Für meinen Dad."

Ein paar der Cops bewegten sich unbehaglich, aber die meisten standen nur noch straffer.

„Wer ist Ihr Vater?", erkundigte sich der Polizist.

Dylan antwortete an seiner Stelle: „Kenny Morrissey. Mein Sohn. Er ist vor zwölf Jahren gestorben. Wir gedenken seiner heute Nacht."

„Wie gedenken Sie seiner?"

Dylan zuckte die Achseln, hielt seine Stimme ruhig. „Mit Gebeten und dem Zirkeltanz. Gewöhnlich verbrennen wir Fotos oder andere Erinnerungsstücke." Er deutete auf die Flammen in der Mülltonne neben ihnen. „Kenny war allgemein beliebt, und sein Bruder ist jetzt der Anführer der Shiftertown. Alle wollten kommen."

„Was ist mit den Kämpfen?", wollte der andere Polizist wissen. „Zwischen Menschen und Shiftern?"

Dylan runzelte die Stirn. „Ich weiß nicht, was für einen Mist die Leute Ihnen erzählt haben, aber religiöse Shifterzeremonien sind friedlich." Das war die absolute Wahrheit. „Keine Gewalt in irgendwelcher Form."

„Das ist nicht das, was ich gehört habe", erwiderte der Cop. „Legt ihm Handschellen an", wandte er sich an die Polizisten neben ihm.

Connor machte eine Bewegung nach vorn, als wollte er protestieren, doch sowohl Dylan als auch Glory vertraten ihm den Weg. „Es ist in Ordnung, Junge", erklärte Dylan. Er nickte den beiden Polizisten zu. „Sie müssen mich nicht in Handschellen legen. Ich komme gerne mit Ihnen und erkläre alles. Ich wette, jemand hat Ihnen erzählt, ein Haufen Shifter hätte sich hier versammelt, und das hat Ihre Vorgesetzten nervös gemacht."

„So was in der Richtung", entgegnete der Polizist, der immer noch argwöhnisch wirkte.

Die Frau trat mit den Handschellen vor. Dylan warf ihr einen resignierten Blick zu und hielt ihr seine Hände hin. „Wenn ich mit Ihnen komme, dürfen die anderen in die Shiftertown zurück."

„Sie haben das nicht zu entscheiden", entgegnete der Cop. „Aber sicher, die anderen können gehen. Genau genommen müssen sie das sogar. Meine Leute werden sie hinausgeleiten. Wenn mir gefällt, was Sie mir auf der

Wache erzählen, dann können die anderen zu Hause bleiben."

Sean ließ Denis Hand los. „Ich sollte besser mit ihnen fahren", bemerkte er leise. „Dad kann den Leuten entsetzliche Angst einjagen, einfach indem er sie anschaut. Ich bin viel diplomatischer." Das sagte er ohne Prahlerei. „Ronan", rief er, „sorg dafür, dass Connor und Glory gut heimkommen."

„In Ordnung, Sean", erwiderte Ronan.

„Fahr mit mir", flüsterte Jace Deni zu, während Sean wegging und die anderen Shifter und Menschen sich zu zerstreuen begannen. Die Polizisten scheuchten alle auf den Parkplatz. Die Shifter brummten und knurrten verärgert, erhoben jedoch keinen Einspruch, und ihre menschlichen Freunde verhielten sich leise.

„Ronan und Elizabeth haben mich mitgenommen", antwortete Deni nervös. Sie wusste, Jace war auf einem Motorrad hergekommen – sie hatte es gehört, als er hier eingetroffen war.

„Ich muss so tun, als wäre ich nicht allein hier. Ronan und Elizabeth werden das verstehen."

Deni wusste, Jace versuchte, alles so aussehen zu lassen, als gehörte er in diese Shiftertown. Wenn er zusammen mit Deni aufbrach, als wäre er Teil der Gemeinschaft, würde er nicht weiter auffallen. Aber das hieß, dass Deni wieder auf ein Motorrad steigen müsste.

„Was ist denn mit Ihnen passiert?", wollte ein anderer Cop wissen, bevor Deni Jace antworten konnte.

Deni blieb jäh stehen, doch der Mann sprach gar nicht mit ihr. Er schaute hinter sie auf Ronan, das Betäubungsgewehr auf den Hünen gerichtet.

Ronan sah wirklich übel aus, die Arme voller Schrammen und blauer Flecke, ein Auge zugeschwollen. Er hatte sich rasch Kleidung übergeworfen, während die Polizisten vorgerückt waren, und Elizabeth hatte ihren Arm fest um ihn geschlungen. „Ich bin Türsteher", erklärte er. „In einer Bar. Den Menschen macht es Spaß, mir Schläge zu verpassen." Er zuckte die Achseln. „Ich lasse sie."

Der Polizist warf ihm einen misstrauischen Blick zu, verfolgte die Sache aber nicht weiter. Stattdessen trat er vor Jace und musterte ihn mit finster gerunzelter Stirn. „Was ist mit Ihnen? Lassen Sie sich auch von Menschen verprügeln?"

Jaces Gesicht, sein Hals und Oberkörper, die man durch die offene Jeansjacke sehen konnte, wiesen die Spuren von seinem Kampf mit Broderick auf. Deni bemerkte noch etwas, was ihr zuvor entgangen war – ein paar der Kratzer auf Jaces Hals stammten von ihren Fingern, manche auch von ihren Zähnen. Sie wurde rot.

Jace schenkte dem Polizisten ein träges Lächeln, ohne den Kopf wirklich zu heben. Er legte seinen Arm um Deni und hauchte einen Kuss auf ihr Haar. „Religiöse Zeremonien können sehr langweilig sein", erklärte er, wobei er etwas lallte. „Ich habe für eine Weile etwas Besseres zu tun gefunden."

Ein wissender Ausdruck trat in die Augen des Mannes, und Deni wurde noch röter. Dabei log Jace gar nicht. Was sie in der Dunkelheit getan hatten, war hastig, heiß und herrlich gewesen, kein bisschen langweilig.

„Ja, meinetwegen, aber nächstes Mal besser zu Hause", erwiderte der Cop.

„Liebend gern." Jace behielt seine leicht vorgebeugte Haltung bei und stützte sich auf Deni.

Glücklicherweise ließ der Polizist sie danach in Ruhe, schaute sich nach anderen um, die er schikanieren konnte.

„Du wirst fahren müssen", erklärte Jace, als sie am

Motorrad ankamen. Deni meinte zu erkennen, dass es Liam gehörte, der es Jace geliehen haben musste. „Ich hab mich leicht betrunken gestellt, damit der uns in Ruhe lässt, aber falls er zuschaut, möchte ich ihm keinen Vorwand liefern, mich wegen Trunkenheit im Straßenverkehr anzuhalten." Er grinste sie an und hielt ihr die Schlüssel vor die Nase. „Also bist du die hinterm Lenker."

KAPITEL DREI

Deni schaute auf die Schlüssel, die Jace ihr in die Hand gedrückt hatte, und blinde Panik erfasste sie. „Ich kann nicht." Sie bekam keine Luft. „Jace, es tut mir leid, aber ich kann nicht."

„Du kannst nicht?" Jace blickte sie mit gerunzelter Stirn an, und auf seiner Mine spiegelte sich eine Mischung aus Mitgefühl und Neugier und das Wissen, dass sie sich beeilen mussten. „Warum? Hast du noch nie ein Motorrad gefahren?"

„Doch. Ich habe sogar eins. Oder besser *hatte*. Es ist nur …" Deni war kalt, Furcht pulsierte in ihren Adern. „Ich hatte einen Unfall mit meiner Maschine", stieß sie rasch hervor. „Jemand hat mich letztes Jahr von der Straße gedrängt, mit voller Absicht. Ich wurde schlimm verletzt – ich habe lange gebraucht, um mich körperlich zu erholen. Seitdem bin ich nicht mehr imstande gewesen, ein Motorrad zu fahren. Zusätzlich habe ich … Anfälle. Manchmal weiß ich nicht mehr, was ich in einem bestimmten Zeitabschnitt getan habe – ich hab sogar Mitglieder meiner eigenen

Familie angegriffen. Ich fange an, die Kontrolle zu verlieren und zum Paria zu werden. So wie heute Nacht, als ich gekämpft habe, und als wir …"

„Hey", unterbrach Jace ihren Wortschwall, und seine Stimme klang in der Dunkelheit warm. „Stopp. Es ist alles in Ordnung."

„Es ist überhaupt nicht in Ordnung. Es ist alles andere als in Ordnung." Deni atmete zitternd ein. „Ich habe mich noch nicht einmal mehr auf ein Motorrad setzen können, auch nicht, um mit jemand anders zu fahren. Ich bekomme Panik – ich kann es nicht. Tut mir leid. Ich hätte es dir sagen sollen."

„Also, wir hatten ja nicht viel Gelegenheit zum Reden, was?" Jaces Augen glitzerten, und die Belustigung in ihnen sorgte dafür, dass sie gleichzeitig erleichtert und verlegen war.

Sie gab ihm die Schlüssel zurück. „Danke für dein Verständnis."

Jace nahm sie nicht. „Ich meine, ich verstehe, dass das hier schwierig für dich wird, Deni, trotzdem musst du fahren. Es tut mir leid, Süße, aber ich darf es nicht riskieren, angehalten oder verhaftet oder auch nur befragt zu werden. Wenn sie herausfinden, wer ich bin, könnte es ziemlich übel werden. Nicht nur für mich, sondern auch für meinen Vater, Liam, Dylan – vielleicht für alle Shifter." Er sprach langsamer, als ob er spürte, dass Denis Angst größer wurde. „Es wird alles gut gehen. Ich werde bei dir sein."

Die Schlüssel lagen schwer in ihrer Hand. „Okay. Also werde ich nicht das Bewusstsein verlieren und uns gegen den nächsten Baum fahren, weil du hinter mir sitzen wirst?"

„So was in der Art." Jace strich ihr mit einer Hand über den Arm, seine Finger waren warm.

Denis Furcht war zu groß, um so leicht beschwichtigt zu

werden, aber sie war dankbar, dass er es versuchte. Sie wusste, sie musste auf die verdammte Maschine steigen und sie beide von hier wegbringen – damit hatte er recht –, doch sie konnte ihren Füßen nicht befehlen, sich zu bewegen.

Einer der Polizisten schaute in ihre Richtung. Der Mann wartete ein oder zwei Sekunden, dann machte er sich auf den Weg zu ihnen.

Jace gab Deni einen kleinen Schubs in Richtung des Motorrades. „Wir müssen los." Ein weiterer Schubs, der sie einen Schritt näher brachte. „Nur ein paar Meilen. Sobald wir außerhalb ihrer Sichtweite sind, können wir die Plätze tauschen."

„Ich kann hierin nicht fahren." Deni deutete auf sich, die Stoffbahn, die sie um ihren Körper gewickelt hatte. Natürlich war sie schon zuvor in einem Sarong Motorrad gefahren, aber sie würde im eiskalten Fahrtwind elendiglich frieren. Vielleicht würde er sich erbarmen und jemand anders finden, der ihn in die Shiftertown brachte.

Jace schlüpfte aus seiner Jeansjacke und legte sie ihr um die Schultern. Damit war sein Oberkörper entblößt, was ihn kein bisschen verletzlicher wirken ließ. „Du kannst das hier tragen."

Die Jacke enthielt noch seine Körperwärme und seinen Geruch. Deni schloss die Augen. Sie suchte nach etwas Friedlichem in ihr, einen Ort, den sie früher immer hatte finden können. Jace würde bei ihr sein. Er würde dafür sorgen, dass sie heil in der Shiftertown ankamen. Sie zwang sich, das zu glauben.

„Jetzt", sagte ihr Jace ins Ohr.

Deni zuckte zusammen, aber seine Stimme gab ihr Kraft. Sie holte tief Luft und begann ihr Bein über den Sitz zu schwingen.

Leider blieb es auf der Hälfte hängen. Denis Herz

klopfte – *beeil dich, beeil dich* –, doch sie konnte ihr Bein nicht über den Sattel zwingen. Sie spannte die Muskeln, verlangte von ihrem Körper, ihr zu gehorchen, aber sie zitterte, und die Furcht raubte ihr den Atem.

Jace trat dicht hinter sie, setzte sich auf das Motorrad und schob ihr Bein mit seinem rüber. So, jetzt war sie drauf, und Jace schlang seine warmen, bloßen Arme um sie.

Das Motorrad war groß – Liam, dem es gehörte, war ein großer Mann –, allerdings waren Shifterfrauen ebenfalls alles andere als zierlich. Deni konnte es fahren.

Sie bebte am ganzen Körper, als sie den Motor startete, doch dann lehnte sie sich an Jace, genoss das Gefühl seiner Kraft und seine Wärme an ihrem Rücken. Das Motorrad vibrierte unter ihnen, das tiefe Dröhnen einer perfekt eingestellten Harley, die jedes andere Gefährt in der Nähe wissen ließ, wie viel PS sie hatte.

Jace drückte sich enger an sie, tat so, als müsse er sich festhalten, weil er betrunken war, aber in Wahrheit stützte er sie. Deni entspannte sich ein bisschen, genug, um sich abzustoßen und dann die Füße zu heben.

Die schmale Straße zurück zum Highway war dunkel, voller Schlaglöcher und schwierig zu befahren. Der Scheinwerfer durchschnitt die Schwärze der endlosen Texas-Nacht. Weit vor ihnen markierten kleinere Lichter die anderen Shifter auf dem Heimweg.

Deni begann sich immer weiter zu beruhigen. Ihr Körper wusste instinktiv, wie er die Maschine ausbalancieren, wie er sie lenken musste, selbst wenn der Untergrund so uneben war. Ihre Panik ließ nach, doch andererseits gab es hier draußen auch keine anderen Autos, keine vollen Straßen wie in der Stadt, keine Menschen, die Shifter anfuhren und dabei ihre Leben ruinierten.

Jaces Arme um sie und sein warmer Körper in ihrem

Rücken erinnerten Deni an ihre wilde Vereinigung, die trotz der Rauheit wunderschön gewesen war. Jace war groß gewachsen und kräftig, hatte einen muskulösen Körper, den Deni gerne weiter erforschen würde. Wieder wünschte sich Deni, sie und Jace könnten wirklich allein sein, die Straße entlangrasen und an nichts denken als den Wind, die Sterne und was sie am Ende ihres Trips tun würden.

Sie erreichten den Highway, wo nur wenig Verkehr herrschte. Deni lenkte die Maschine nach rechts, hielt auf die Stadt zu. Der Lichtschein von Austin schimmerte am Horizont.

Deni hatte gelernt, Austin und seine Verschrobenheit ins Herz zu schließen – die Musik, Sixth Street am Samstagabend, Bars für jeden Geschmack, von edel und hipp bis heruntergekommen und schmierig, die Flugshow jeden Abend bei Sonnenuntergang, wenn die Fledermäuse ihre Nistplätze unter der Congress Avenue Bridge verließen und ausschwärmten, und die Überzeugung, anders zu sein als jeder andere Ort auf der Welt, selbst als das restliche Texas. Deni hatte so etwas wie Glück hier gefunden, mit ihrem Bruder Ellison und ihren Söhnen Will und Jackson. Es war kein wirklich großartiges Leben, in der Shiftertown zu wohnen, aber wenigstens waren sie zusammen.

Und dann hatte dieser verdammte Mensch, der die Finger in einem hässlichen Geschäft rund um Shifter gehabt hatte, bei dessen Aufdeckung Ellison und Deni geholfen hatten, Deni angefahren und ihr damit die Selbstkontrolle und jedes Gefühl von innerer Ruhe geraubt. Heute Nacht bei dem Sex mit Jace und jetzt von ihm gehalten zu werden war für sie das, was innerem Frieden seither am nächsten gekommen war.

Deni bog auf die 183 ab und fuhr nach Norden. Sie war sich sicher, Jace würde ihr jede Minute sagen, sie solle am

Straßenrand anhalten, damit sie die Plätze tauschen konnten, aber das tat er nicht. Jace ließ seine Arme um sie, lehnte sich an sie, während sie sich in den Verkehr einfädelte.

Deni begann wieder zu zittern, als es mehr Autos und Lastwagen wurden, die von den Orten östlich von San Antonio nach Austin fuhren. Jaces warme Hände bewegten sich und legten sich auf ihren Bauch, als wüsste er, sie brauchte seine beruhigende Berührung. Deni ging es ein wenig besser. Dennoch lenkte sie, als sie Lockhart erreichten, auf eine Tankstelle.

„Jetzt kannst du übernehmen", sagte sie und zog sich den Helm vom Kopf.

Jace stieg nicht ab. „Du machst das doch prima. Fahr weiter."

„Jace, komm schon. Ich hab panische Angst. Der Unfall hat mich wirklich kaputt gemacht. Der Typ, der es getan hat, wollte mich mitnehmen – er hat Shifter entführt."

Jace verengte die Augen zu schmalen Schlitzen. „Von dem habe ich gehört. Er hat die Sache aber nicht durchziehen können, oder?"

„Bloß weil zu viele andere dabei waren. Er hat mich beinah umgebracht."

„Nur ist er derjenige, der jetzt tot ist." Jace sprach das voller Überzeugung aus. Dylan musste ihm etwas von der Geschichte erzählt haben.

„Ja." Deni schluckte, ihr Mund war plötzlich ganz trocken. Sie fragte sich, ob Dylan Jace erzählt hatte, wie genau der Mann gestorben war und welche Rolle sie dabei gespielt hatte. „Rein verstandesmäßig weiß ich, dass ich sicher bin, meine Instinkte tun das allerdings nicht. Der Wolf in mir hat es noch nicht voll begriffen, denke ich."

Jace runzelte weiter die Stirn. „Das sehe ich. Aber ich

bin genau hier bei dir. Zeig dir selbst, dass du es tun kannst. Lass ihn nicht gewinnen."

Das wollte Deni – wirklich. Ihr Bruder hatte ihr einen ähnlichen Rat gegeben: *Lass dir von dem Idioten nicht alles nehmen*.

Weise Worte, und trotzdem war es schwer. „Was, wenn ich das Bewusstsein verliere?"

Jace grinste. „Dann werde ich dich aufwecken."

„Jace, ich kann nicht."

„Du irrst dich. Du kannst."

Deni umklammerte den Lenker. Sie hatte es geliebt, auf dem Motorrad durch die Gegend zu brausen, sie war mit Ellison über die verlassenen Straßen im Hinterland gerast, und das fehlte ihr.

Sie warf Jace einen herausfordernden Blick zu. „Was, wenn ich hier absteige und mich einfach weigere?"

Jace zuckte die Achseln. „Dann werde ich die Maschine zurück zu Liam bringen und dir ein Taxi schicken. Oder du kannst Wolfsgestalt annehmen und querfeldein heimlaufen."

„Oh, danke."

Das Grinsen kehrte zurück. „Oder du kannst fahren."

Er war ein Idiot. Allerdings ein sexy Idiot. Zum Teufel mit ihm.

Alles in Deni wollte es tun. Hier an dieser Tankstelle auf ein Taxi zu warten klang nicht sonderlich verlockend für sie, vor allem angesichts der Tatsache, dass sie Aufmerksamkeit zu erregen begannen. Menschen und Shifter sollten nicht zu viel in Kontakt miteinander kommen, aber draußen auf dem Land und mitten in der Nacht hielten die Regeln nicht immer alle davon ab.

Deni setzte sich den Helm wieder auf. Sie gab Gas und fuhr von der Tankstelle, drehte voll auf, sobald sie die Siedlung hinter sich gelassen hatten.

Der Wind umströmte sie, die Maschine dröhnte unter ihr, und Jace klammerte sich mit seinem heißen harten Körper an sie. Deni spürte noch die Nachwirkungen des Sex und wusste, sie hatte seinen Samen in sich. Was würde geschehen, wenn sie schwanger wurde? Die Vorstellung, ein weiteres Junges zu bekommen, bereitete ihr Angst, beinah so viel wie das Motorradfahren, doch gleichzeitig verschaffte es ihr ein Hochgefühl.

Deni lenkte die Maschine auf die 130 und dann wieder herunter, als die 183 sich davon teilte, fuhr weiter nach Norden und Austin. Sie schwitzte, als sie schließlich die Stadtgrenze erreichten, denn Jaces Jacke schützte sie vor dem Wind. Der dichtere Verkehr hier ließ ihre Panik wieder wachsen, aber Jace war da, streichelte sie, und seine Berührung beruhigte sie.

Aufregung erfasste Deni, als sie auf die größtenteils verlassenen Straßen rund um die Shiftertown kamen und sie schließlich die Maschine hinter der Bar zum Stehen brachte, die Liam führte. Sie stieg ab, nachdem Jace sich aus dem Sattel geschwungen hatte, und riss sich den Helm herunter.

„Ich hab es getan. Göttin, Jace – ich hab es getan!"

„Ja, hast du." Er schlang die Arme um sie und zog sie an sich. „Du warst einfach großartig. Und du bist noch nicht mal ohnmächtig geworden."

Deni war zu glücklich, um auf diese Bemerkung etwas zu erwidern. Sie küsste ihn hart auf den Mund, liebte es, wie er schmeckte. Ihre Aufregung wuchs, ihr Verlangen nach ihm war nicht im Geringsten gestillt. Und Jace entmutigte sie nicht. Sein Kuss wurde leidenschaftlicher, seine Hände umfassten sie fester.

Deni zwang sich, sich von ihm zu lösen, obwohl er sie noch einen Moment länger festhielt, seine Augen im Mondschein dunkelgrün. Sie zitterte leicht, als sie einen Schritt zurückwich, aus seiner Jacke schlüpfte und sie ihm reichte, obwohl es wirklich eine Schande war, zuzusehen, wie er sich bedeckte.

Jace schlüpfte hinein und nahm dann den Rucksack aus einer der Satteltaschen, hängte ihn sich über die Schulter. Er legte einen Arm um Deni. „Kommst du rein und trinkst ein Bier mit mir?“

Das hier war Denis Stichwort, ihm zu sagen, dass sie heimmusste, auf ihre Söhne warten, bis sie von der Arbeit heimkehrten, ihren Bruder und seine Gefährtin, dass sie von ihrer Verabredung zurückkamen. Nach Hause zu gehen und zuzusehen, wie alle anderen ihr Leben lebten, während sie in der Ecke saß und versuchte, nicht den Verstand zu verlieren.

Ach, zur Hölle damit. Deni straffte die Schultern, hakte sich bei Jace unter und trat mit ihm durch die Hintertür.

Sie landeten in der lauten Bar, die halb voll mit Shiftern war. Ein großer Shifter voller Tätowierungen entdeckte sie und stellte sich vor Jace.

„Liam möchte dich sehen“, sagte er mit seiner typischen Knappheit, dann machte er auf dem Absatz kehrt und entfernte sich.

„Das ist Spike“, erklärte Deni. „Ein Mann weniger Worte.“

„Den habe ich schon getroffen.“ Jace nahm Denis Hand und führte sie durch die Menge, bahnte sich einen Weg zu dem schwarzhaarigen Iren, der an der Bar lehnte. Er kümmerte sich nicht um die Getränke – Shiftern war es nicht gestattet, Alkohol auszuschenken. Diese Aufgabe übernahm ein menschlicher Barkeeper.

Liam Morrissey drehte sich um, als sie näherkamen, als

würde er sie spüren, was er vermutlich tatsächlich tat. Er hätte sie über das Dröhnen der Jukebox nicht hören oder sie in dem Gewirr verschiedenster Gerüche, Alkohol, Rauch, Menschenschweiß und Shiftern, die gerade vom Kampfclub zurückgekehrt waren, riechen können. Aber Liam verfügte über die unheimliche Gabe, stets zu wissen, wo alle zu einem beliebigen Zeitpunkt waren.

Er war so groß wie sein Bruder Sean und hatte auch die gleichen strahlend blauen Augen. Diese Augen musterten Jace, richteten sich dann auf Deni, bevor Liam sich ein wenig vorbeugte und Jace in der Begrüßungsumarmung der Shifter an sich zog.

Jace ließ seinen Rucksack auf einen Barhocker fallen und sich von Liam drücken. Weil die beiden sich bereits kannten und auch mochten, war die Umarmung herzlicher und weniger argwöhnisch als üblicherweise zwischen zwei männlichen Alphas. Es gab keine versteckten Hinweise, dass sie einander die Kehlen rausreißen würden, wenn sie auch nur die geringste Chance erhielten. Ihre Begegnung verriet nur Freundschaft und Kameraderie.

Liam ließ Jace los, wandte sich an Deni und umarmte sie ebenfalls. Das war eher beruhigend, ein Shiftertown-Anführer, der einer von seinen Leuten Sicherheit geben wollte. „Gut gemacht", sagte er ihr leise ins Ohr, und Deni wurde ganz warm vor Freude.

Liam ließ Deni wieder los und fand Jace neben sich. Direkt neben sich, praktisch in Körperkontakt mit ihm. Jaces Augen waren schmal geworden, und er durchbohrte Liam mit einem warnenden Blick.

Liam griff an Jace vorbei nach einer halb vollen Bierflasche, die er auf der Bar stehen gelassen hatte, und hielt sie hoch, ohne daraus zu trinken. „Spike und Ronan haben mir erzählt, was dort draußen passiert ist." Er bedachte Deni mit einem Grinsen. „Ich merke, ihr beide habt bereits gefeiert."

Wie sie es auch unter Seans Musterung getan hatte, wurde Deni rot, aber Jace blieb völlig ungerührt. „Hast du schon irgendetwas von Dylan gehört?", erkundigte er sich.

Liams Lächeln erstarb. „Sie haben Dad mit in die Stadt genommen. Meine Gefährtin ist bei ihm, genau wie Sean. Sie haben mir gesagt, ich soll nicht dazukommen." Er nickte, als wäre er der gleichen Ansicht. „Kim weiß, was sie tut."

Liams Gefährtin war Rechtsanwältin, die sich auf Shifter als Mandanten spezialisiert hatte. Liam hatte recht, dass sie wirklich fähig war, und Dylan und Sean waren gut beraten, wenn sie die Aufmerksamkeit der Menschen von den Shiftern weglenkten. Deni sah jedoch die Anspannung in Liam, spürte seinen Drang, zur Polizeiwache zu stürmen und alle ihm zur Verfügung stehenden Mittel einzusetzen, um seinen Vater da rauszuholen.

„Hat die Polizei mit dir gesprochen?", wollte Jace von ihm wissen.

„Ja, haben sie. Kamen hier reingerannt und haben verlangt, alles über diesen Kampfclub zu erfahren, von dem sie gehört hatten. Natürlich weiß ich davon nichts, ganz klar." Liam als Anführer hatte beschlossen, in Bezug auf den Kampfclub wegzuschauen, der sowohl gegen die Gesetze der Menschen als auch gegen die der Shifter verstieß.

Obwohl Kampfclubs Regeln hatten, waren sie doch gefährlich. Trotzdem hatte Liam schon vor Langem eingesehen, dass er sie nicht würde verhindern können.

„Ein Detective und ein halbes Dutzend Uniformierte kamen ungefähr zur selben Zeit hier rein, als auch die

Arena gestürmt wurde, sonst hätte ich meinen Vater und Sean gewarnt.“

Deni erkannte die Wut in seinen Augen, dass er es nicht hatte kommen sehen.

„Also, irgendwie haben sie es herausgefunden“, erklärte Jace. „Du hast hier eine undichte Stelle. Nur, um dich zu beruhigen – ich bin es nicht.“

„Das habe ich auch nie gedacht.“

Wenn Liam geglaubt hätte, dass Jace derjenige wäre, der die Lage des Kampfclubs an die Polizei verraten hätte, dann würde Jace hier nicht stehen und ruhig mit ihm reden. Er wäre an der Tür aufgehalten worden, und Liam würde ihn längst auf dem Parkplatz auseinandernehmen.

„Halten wir uns erst mal bedeckt?“, fragte Jace.

Liam antwortete mit einem raschen Kopfschütteln, aber ohne Worte. Nicht alle Shifter waren eingeweiht in das, was Liam und seine Familie mit den Halsbändern ausprobierten. Nur die, die es wissen mussten, hatten davon erfahren. Die meisten Shifter waren vertrauenswürdig, doch wie die heutige Nacht bewiesen hatte, gab es durchaus Stellen, an denen etwas durchsickerte.

Liam schaute wieder zu Deni und begann zu grinsen. „Eine Gedenkfeier. Ein genialer Einfall, Kleines.“ Er schmunzelte.

„Es war die erste logische Erklärung, die mir in den Sinn kam“, erklärte Deni. „Es tut mir leid, dass ich die Trauer deiner Familie als Ablenkung benutzt habe.“

Liam schüttelte den Kopf, und seine Augen funkelten amüsiert. „Kenny hätte sich vor Lachen ausgeschüttet. Er hat schon immer einen guten Scherz geliebt, unser Kenny.“

Liam grinste, aber Deni sah, dass seine Augen verdächtig glänzten. Die Gedanken an seinen toten Bruder waren niemals weit entfernt.

„Dann treffen wir uns wie vereinbart", warf Jace ein. „Es sei denn, ihr sagt es ab."

„Ruh dich erst mal aus." Liams Belustigung kehrte zurück, als er sich wieder an Deni wandte. „Und ich meine wirklich ausruhen. Sieht ganz so aus, als würdest du es brauchen." Er nickte ihr stumm zu. „Wie gesagt, gut gemacht, Kleines."

„Streber", flüsterte Jace Deni ins Ohr, während er sie durch die volle Bar geleitete, seine Hand in ihrem Kreuz. Sein Lachen stellte merkwürdige Dinge mit ihr an. „Dann wollen wir dich mal nach Hause bringen."

~

DENI NACH HAUSE ZU BRINGEN WURDE VERSCHOBEN, ALS Broderick in die Bar kam, gefolgt von Shiftern, die ihm ähnlich genug sahen, um seine Brüder zu sein. Jace spürte, wie Denis Wut erwachte und ihre Sorge wuchs. Ihr Körper vibrierte praktisch unter seiner Hand.

„Wir mögen Fremde nicht", erklärte einer von Brodericks Brüdern und stellte sich vor Jace. „Wir mögen es nicht, wenn sie herkommen und uns unsere Frauen wegnehmen."

Deni hatte sich vor Jace geschoben, bevor er auch nur ihre Bewegung wahrnehmen konnte. „Vergiss es", sagte sie zu dem Wolf. „Und ich dachte, ich wäre ohnehin zu verrückt für euch alle."

Broderick entblößte bei seinem Lächeln die Zähne. „Sie hat gute Reflexe für jemanden, der sie nicht mehr alle hat."

Jace zog Deni wieder hinter sich und baute sich vor dem anderen Wolf auf, der eindeutig der Anführer von ihnen war. „Behalte deinen Mist für dich, und sorg dafür, dass deine Brüder die Klappe halten“, verlangte er, „oder ich wische den Boden mit dir auf. Ein weiteres Mal.“

Broderick schaute um Jace herum zu Deni, und seine Augen weiteten sich, als er begriff, was andere Shifter vor ihm schon die ganze Nacht lang bemerkt hatten – dass Jace und Deni einander in der Dunkelheit jenseits des Kampfclubs sehr gut kennengelernt hatten. Broderick hob beide Hände. „Hey, wenn du so verrückt nach ihr bist, dann nimm sie. Du tust uns allen einen Gefallen. Ich hoffe nur, du kannst sie unter Kontrolle halten.“

Jace hatte Broderick an der Kehle gepackt, bevor der auch nur blinzeln konnte. Jace überraschte sogar sich selbst damit. „Was hab ich dir vorhin gesagt?“

Jace war sich durchaus bewusst, dass die Shifter sich umdrehten, zu ihnen schauten und still wurden. Die Musik dröhnte weiter, ein lauter Country Song, aber die Shifter hörten auf zu tanzen, sich zu unterhalten und zu trinken und starrten zu ihnen.

Brodericks Bruder hatte mit einer Sache recht: Jace war ein Fremder hier. Er war dominant und sein Aufenthalt in der Shiftertown war von Dylan und Liam sanktioniert. Das würde trotzdem alles nichts zählen, wenn die Gesamtheit der Shifter ihn nicht hierhaben wollte. Ein ganzes Rudel konnte durchaus einen Alpha töten.

Er spürte Deni hinter sich – *dicht* hinter sich –, wie sie sich an seinen Rücken presste. Sie versuchte allerdings nicht, ihn zu beschwichtigen, seine Wut zu zerstreuen oder ihn aufzuhalten. Jace spürte ihre Aufregung, ihren unkontrollierten Drang zu kämpfen. Wenn er seine Drohung wegen Broderick wahr machte, würde Deni an seiner Seite stehen. Der Gedanke erfüllte ihn mit Wärme, gab ihm Kraft.

Liam stand noch an der Bar und beobachtete sie, tat jedoch nichts. Er wollte sehen, wie Jace reagieren würde.

Broderick einfach loszulassen würde Jaces Ansehen in der Shiftertown schaden, und ihn nicht loszulassen, würde am Ende seinen Tod bedeuten.

Eine riesige Hand landete auf Jaces Schulter, eine andere auf Brodericks. Jace nahm einen Hauch verärgerter Kodiakbärenshifter wahr, der seit seinem Kampf in der Arena noch nicht wieder geduscht hatte.

„Regelt das außerhalb der Bar, Jungs", erklärte Ronan. „Oder noch besser, du, Broderick, bleibst hier und besäufst dich, bis du nicht mehr geradeaus schauen kannst, so wie du das jeden Abend tust, und du …" Er blickte Jace an und schüttelte kaum merklich den Kopf „Du gehst und schläfst dich mal aus. Solltest eigentlich bei Dylan unterkommen, aber er ist nicht da, weil er versuchen muss, nicht im Gefängnis zu landen. Bring Deni nach Hause, und hau dich auf Ellisons Couch aufs Ohr."

Ronan beendete als Türsteher die Pattsituation. Klug. Sein Einschreiten sorgte dafür, dass Jace sein Gesicht wahren konnte und Broderick keine Prügel bezog. Jace hatte keinen Zweifel, dass Liam Ronan irgendwie signalisiert hatte, einzugreifen, doch Liam beobachtete alles nur weiter, als wäre er höchstens vage interessiert.

Jace lockerte seinen Griff um Brodericks Kehle. Dessen Halsband gab einen knisternden Funkenschlag ab, sandte Elektrizität in Jaces Hand, der nicht einmal zuckte. Er öffnete seine Finger langsam und ließ seinen Arm sinken. Broderick blieb, wo er war, trat nicht zurück und rieb sich auch nicht den Hals, auf dem sich deutlich die Abdrücke von Jaces Fingern abzeichneten.

Jace wandte sich absichtlich von ihm ab. „Gute Idee",

sagte er zu Ronan. „Du hast dort draußen übrigens einen super Kampf hingelegt."

Ronan nickte ihm kurz zum Dank zu, stellte sich mit seinem massigen Körper zwischen Jace und Broderick. Sollten sie wieder auf die Idee kommen, einander an die Kehle zu gehen, würden sie es um das Bollwerk Ronan herum tun müssen. Jace mochte Ronan in Bezug auf Dominanz ausstechen, aber es war nicht von der Hand zu weisen, dass der Bär riesig war.

Jace machte einen Schritt zurück, bewies, dass er nicht darauf beharren würde, und hielt Deni eine Hand hin.

Er spürte ihre Erleichterung, als sie seine Hand ergriff, doch auch ihre Enttäuschung, dass es nicht zu einem weiteren Kampf mit Broderick kommen würde. Sie sagte nichts zu Jace, warf Broderick nur einen letzten finsteren Blick zu, und dann führte Jace Deni zur Tür und hinaus in die Nacht.

Deni begann rascher zu gehen, sobald sie die Bar hinter sich gelassen hatten, wurde schneller und schneller, bis sie Jace beinahe über den leeren Parkplatz zerrte und zu den Straßen der Shiftertown. In der Mitte des staubigen, von Unkraut überwucherten Feldes blieb Jace stehen und nötigte sie, es ihm nachzutun.

„Halt an", sagte er. „Erzähl mir mal – was zur Hölle war das?"

Denis graue Augen glänzten in der Dunkelheit. „Was zur Hölle war was?"

„Na, du." Jace deutete mit dem Finger auf sie. „Du hast mich da drin angestachelt. Nicht etwa ‚Sei vorsichtig, Jace, du willst dich doch nicht in Schwierigkeiten bringen', sondern viel eher ‚Los, Jace. Erteil ihm seine Lektion, und tritt ihn in den Hintern!' Du wolltest sehen, wie ich von der ganzen Bar zu Boden geworfen werde, was?"

„Nein." Deni rang nervös die Hände. „Broderick macht mich nur immer unfassbar wütend. Und du wärst nicht von der ganzen Bar überwältigt worden. Ich hab dich kämpfen gesehen – sie hätten sich rausgehalten."

„Warst du schon vor deinem Unfall so blutrünstig?"

Deni zögerte, ihre Brust hob und senkte sich mit ihren Atemzügen. „Ich weiß es nicht."

Jace legte seine Hände auf ihre Arme, die kalt waren. Die Nacht wurde kühl, und ihre nicht von dem Sarong bedeckte Haut bekam eine Gänsehaut. „Du hast gesagt, kämpfen weckt in dir den Wunsch, ebenfalls zu kämpfen", stellte er fest. „Nur haben wir da drin gar nicht gekämpft. Noch nicht."

„Aber du wolltest es." Sie strich mit den Fingern über Jaces Unterarme. „Das habe ich ganz deutlich gespürt. Du warst bereit, Broderick die Kehle herauszureißen. Ich kann mit seinem Mist umgehen, du allerdings nicht. Bist du immer so blutrünstig?"

Bis heute jedenfalls nicht. Er musste grinsen. „Alle zu Hause glauben, ich wäre vernünftig und ein Friedensstifter." *Der gute alte Jace. Er wird alle runterholen und beruhigen.*

„Ja? Ich bin mir nicht sicher, ob ich dann deine Familie treffen möchte."

„Doch, möchtest du. Du würdest meinen Dad und seine Gefährtin mögen." Er rieb ihr die Arme. „Hier draußen ist es viel zu kalt. Lass uns nach Hause gehen."

Deni erschauerte, als ginge ihr jetzt erst auf, wie leicht bekleidet sie war. „In Ordnung. Obwohl ich nicht sicher bin, ob es eine gute Idee ist, wenn du auf der Couch schläfst. Vielleicht hat Liam in seinem Haus Platz für dich. Oder auch Spike."

Sie wollte sich wieder umdrehen. Jace dachte darüber nach, sich einen Platz zum Schlafen in einem dunklen Haus zu suchen, in dem sie nicht war, und es fühlte sich an, als hätte ihm jemand einen Tritt in den Magen versetzt.

Er zog Deni zu sich zurück. Sie landete an seiner Brust, und ihre grauen Augen wurden groß. Er spürte ihr Herz schneller schlagen, als er sie an sich drückte, seine Hand in ihren Nacken legte und sie zu einem rauen Kuss hochhob.

KAPITEL VIER

Ihre Münder trafen sich in zügelloser Leidenschaft. Deni klammerte sich an Jace, ihr Atem heiß auf seinen Lippen, ihre Küsse wild und hungrig.

Jace schlang seine Arme um sie. Diese Frau, dieses köstliche weibliche Wesen, weckte etwas in ihm, was er nie zuvor gefühlt hatte – ein Verlangen, urtümlich und intensiv, wie es alle Shifter besaßen, Jace es aber nur ganz vage erlebt hatte. Selbst der hormonbedingte Wahnsinn seines Übergangs zum Erwachsenen hatten nicht solche Wildheit in ihm geweckt, wie es Denis Küsse taten.

Als ihre kräftigen Hände ihn zu ihr runterzogen, erkannte Jace, dass sie ihn im Gegenzug ebenso brauchte. Sie brauchte ihn, Jace, den Mann, nicht Jace, den Sohn des Shifteranführers – sie hatte gar nicht gewusst, wer er war, als sie sich getroffen hatten. Nichts in ihrem Verhalten, ihrem Duft, ihrer Stimme hatte ihm verraten, dass es sie interessierte, auf welcher Hierarchieebene er stand.

Sie stellte sich auf die Zehenspitzen, strich ihm mit den Fingern durch das kurze Haar und küsste ihn, als könnte sie nicht genug von ihm bekommen. Jace spürte, wie seine Leidenschaft darauf antwortete – er wollte sie nehmen, sich mit ihr vereinigen und sie nie wieder loslassen …

Deni stieß sich so abrupt von ihm fort, dass es ihm den Atem nahm. Kalte Luft war dort, wo sie eben noch gewesen war, und Jace fühlte sich plötzlich leer.

Deni starrte zu ihm empor, und ihre Brust hob und senkte sich erregt. „Tut mir leid. Ich kann es einfach nicht kontroll…"

„Ich bin nicht auf der Suche nach Kontrolle", entgegnete Jace.

„Ich aber."

Wegen ihres Unfalls, meinte sie, und ihre Angst, dass sie das zum Paria machen würde. „Das verstehe ich", sagte Jace. Er fasste sie an den Ellbogen. „Doch es ist vorbei, Deni. Du hast überlebt. Ich werde nicht zulassen, dass du durchdrehst, wenn du mit mir zusammen bist. Versprochen."

Sie erschauerte. „Ich wünschte nur …"

„Was wünschst du?" Jace zog sie wieder dichter an sich, strich ihr mit den Händen die Arme hoch und griff sie an den Schultern. „Erzähl mir, was du willst."

„Wieder normal sein. Vor einem Jahr hätte ich bei jemandem wie dir mit beiden Händen zugegriffen, dich irgendwohin gebracht, wo wir ungestört sind, und wäre nicht wieder rausgekommen, bis wir damit fertig wären, uns miteinander zu vergnügen."

Jace grinste sie an. „Ich auch. Mit dir, meine ich."

„Aber jetzt." Deni erschauerte, löste sich jedoch nicht von ihm. „Ich habe Angst, mich fallen zu lassen."

„Ja", erwiderte Jace mit ruhiger Stimme. „Ich auch." Das war es, warum man Jace nach Austin geschickt hatte, um den Kontakt wegen des Halsbandproblems zu knüpfen und es selbst auszuprobieren. Jace war vertrauenswürdig, verlässlich. Er konnte ein Geheimnis bewahren. Er konnte Schmerz aushalten und nicht darüber verrückt werden. Er brauchte niemanden, der bei ihm Händchen hielt, und hatte es auch nie gebraucht.

Er mochte es, die Kontrolle zu haben, stark zu sein. Aber heute Nacht …

„Komm weiter", sagte Deni. Sie verschränkte ihre Hand mit seiner, zog ihn mit sich. „Ich sollte besser nach Hause gehen."

Jaces Herz klopfte noch von dem Kuss – Denis Geschmack, ihr Duft, die Wärme ihres Körpers an seinem. Das wilde Wesen tief in ihm knurrte frustriert, wollte raus.

Reiß dich zusammen. Er sollte Deni dabei helfen, ruhig zu bleiben. Als Jace allerdings hinter ihr herlief und ihre sich verführerisch wiegenden Hüften sah, während ihre Hand heiß in seiner lag, fragte er sich, wer von ihnen beiden sich am Ende als der Stärkere herausstellen würde.

~

WILL UND JACKSON, DENIS SÖHNE, WAREN ZU HAUSE. Ihr wurde leicht ums Herz, als sie ihre Pick-ups in der Einfahrt stehen und die Lichter im Haus sah. Zu Hause. In Sicherheit.

Jaces Geruch wie wilder Salbei legte sich um sie, während sie ihn auf die Veranda führte. Ihre Idee, dass er bei Liam oder Spike schlafen könnte, erschien ihr gar nicht mehr so gut. Deni mochte den Gedanken nicht, dass er sich verabschiedete und wegging.

„Hübsche Maschine", bemerkte Jace und deutete auf das Motorrad, das neben dem Pick-up parkte. „Deins?"

Deni nickte, und ihr Herz zog sich zusammen. „Ellison

hat sie mir gekauft, nachdem meine Totalschaden hatte." Sie schaute sie an und wandte sich dann entschlossen ab.

„Und du hast sie bislang nicht gefahren", stellte Jace fest. „Was für eine Schande."

„Ja, nicht wahr?" Deni riss die Tür zum Haus auf. Sie würde sich nicht von Jace dazu überreden lassen, heute Abend noch auf das Motorrad zu steigen. Sie hatte es gut hinbekommen, Liams Maschine nach Hause zu fahren, aber sie zitterte innerlich immer noch davon. Alles andere wäre jetzt zu viel zu schnell.

Jace folgte ihr ohne ein weiteres Wort nach drinnen. Deni betrat ihren sicheren Hafen, wo es nach ihren Söhnen roch, ihrem Bruder und seiner Gefährtin. Bald würden ihr Bruder und Maria ihr erstes Junges bekommen, und mehr Lachen und Freude würden ins Haus einziehen.

„Mom."

Will, ihr Jüngster, der auch schon bereits vierundzwanzig Jahre war, kam zu ihr, als sie die Küche betrat, und schlang die Arme um sie. Sie erwiderte die Umarmung, hielt ihren geliebten Sohn. Nach einer ganzen Weile richtete Will sich auf, musterte sie von Kopf bis Fuß und fragte: „Was zum Teufel ist denn mit dir passiert?"

„Ein Kampf", antwortete Deni. „Aber es ist alles in Ordnung. Ich bin heimgefahren, Will. Auf Liams Maschine – die ganze Strecke vom Kampfclub hierher."

Wills Augen wurden groß, doch Jackson, zwei Jahre älter als er, erkundigte sich: „Und warum genau warst du beim Kampfclub?" Er trat vor, begrüßte Deni mit einer Umarmung von der Seite. Will hatte sich nicht bewegt.

Keiner ihrer Söhne nahm Jace zur Kenntnis, der ruhig in der Nähe der Tür stand. Will und Jackson gehörten immer noch zu den Jungen, obwohl sie beide Mitte zwanzig waren und nach menschlichen Maßstäben erwachsen. Sie hatten ihren Übergang noch nicht hinter sich. Sie klammerten sich so instinktiv an Deni, wie sie es getan hatten, als sie noch klein gewesen waren, warteten darauf, dass sie ihnen entweder versicherte, der fremde Shifter sei ein Freund, oder dass sie sich alle gemeinsam auf ihn stürzen sollten.

Deni wusste auch, sie rochen Jace auf ihr, und sie auf ihm, und wussten, was sie getan hatten. Vor dem Unfall hätten sie begonnen, sie aufzuziehen. Jetzt warteten sie verunsichert.

„Das hier ist Jace Warden", erklärte sie. „Er bleibt heute Nacht bei uns."

„Ach ja?" Jackson musterte Jace schließlich, auch wenn er nicht so weit ging, ihn mit einem trotzigen Blick zu durchbohren. „Warum denn?"

„Dylan hat ihn hier zu uns eingeladen", erwiderte Deni. „Aber der ist verhaftet worden."

Ganz wie vermutet führte diese Nachricht dazu, dass sie ihre Nervosität vergaßen und anfingen, sie mit Fragen zu bombardieren, begonnen mit *Was? Ist das dein Ernst?*

Jace half Deni, die ganze Geschichte zu erzählen. Sobald Will und Jackson entspannter mit Jace umgingen, begab sich Deni auf ihr Zimmer, wusch sich, wechselte ihre Kleidung und kehrte dann in die Küche zurück, wo sie begann, Sandwiches zuzubereiten. Große. Sie hatte einen Riesenhunger.

Die Jungs und Jace verschlangen alles, was sie vor sie auf den Tisch stellte. Deni beobachtete, wie sich ihre Söhne weiter entspannten, während Jace redete. Er hatte wirklich ein Talent dafür, alle zu beruhigen.

Der Anblick von ihm, wie er da am Tisch saß, Roastbeef, Schinken und Truthahn auf drei verschiedenen Sorten Brot in sich reinstopfte, während Will und Jackson an seinen Lippen hingen, erfüllte Denis Herz mit einem ziehenden Schmerz. Das hier hätte sie mit ihrem Gefährten und ihren Jungen haben sollen – eine Familie, die miteinander lacht, redet, isst und alles miteinander teilt. Denis Gefährte war vor langer Zeit an einer Krankheit gestorben, und das hatte Deni das Leben genommen, das sie sich gewünscht hatte. In eine Shiftertown abgeschoben zu werden, war noch verstörender gewesen. Doch sie hatten es geschafft, sie, Ellison, Jackson und Will.

Hier waren sie, und jetzt schien Jace das Bild zu vervollständigen.

„Aber echt, Mom“, sagte Will mit vollem Mund. „Warum bist du zum Kampfclub gefahren? Du weißt genau, was passiert …“

Deni griff über den Tisch nach der Butter und strich sich welche aufs Brot. „Weil ich es leid war, zu Hause zu hocken wie eine Invalidin. Ronan und Elizabeth haben mir angeboten, mich mitzunehmen, und ich hab zugegriffen. Ich dachte, es würde mir guttun, ein bisschen rauszukommen und Spaß zu haben.“

„Du hättest in die Bar gehen können“, erwiderte Jackson mit einem Stirnrunzeln. „Das wäre sicher.“

„Nicht wirklich. Da gibt es viel zu viele menschliche Groupies, die nach Shiftern zum Begrapschen suchen. Außerdem waren alle meine Freunde heute Abend in irgendwelchen Kämpfen. Ich wollte dorthin.“ Deni warf Jackson einen mütterlichen Blick zu, und er zuckte die Achseln.

„Wo wir gerade von Begrapschen reden …“ Jackson brach ab, schaute absichtlich weder zu Jace noch zu Deni. Will schnaubte, als er einen weiteren Bissen nahm.

„Das geht euch nichts an“, erklärte Deni.

Jace schwieg, wirkte leicht belustigt. Er verriet keine

Scham, kein Bedauern über das schnelle Intermezzo im Dunkeln.

Die Jungs grinsten, aber Deni erkannte, dass sie erleichtert waren. Hatten sie gedacht, ihre Mutter wäre ein für alle Mal erledigt? Aus dem Leben raus, weil sie manchmal den Verstand verlor? Dass vielleicht kein anderer Shifter sie wollen würde?

Jace blieb stumm, ließ sie lachen. An einem Punkt fing er Denis Blick auf und zwinkerte ihr zu, und ihr Blut begann zu kochen. Es war wirklich gefährlich, ihn hier zu haben.

Nach der Mahlzeit zogen sich Will und Jackson in ihr Zimmer zurück, um ein paar Videos zu gucken und dann zu schlafen. Jace kam zu Deni, die am Fenster stand und auf die Straße hinausschaute, sich fragte, ob Dylan heute Nacht heimkommen würde. Jace schlang von hinten die Arme um sie.

„Sie lieben dich", erklärte er.

Deni lehnte sich zurück gegen seinen warmen Körper. „Es sind meine Jungen."

„Das ist schön zu sehen." Jace atmete langsam aus, und Hitze kitzelte sie am Ohr. „Ich habe meine Mutter nie kennengelernt. Sie ist bei meiner Geburt gestorben."

Deni hörte den Kummer in seinen Worten. Sie legte ihre Hand über seine. „Das tut mir so leid."

„Es macht mich ein bisschen empfindlich, weißt du?" Jace hielt sie fester. „Ich hab Angst, jemandem zu nahe zu kommen. Es kann so schnell gehen, jemanden zu verlieren."

Wie wahr. „Du hast deinen Vater", erwiderte sie. „Und den Rest deiner Familie." Obwohl sie natürlich wusste, dass niemand jemals den Platz einer geliebten Person einnehmen konnte, die man verloren hatte.

„Stimmt. Und mein Dad hat ein paar verrückte Sachen

gemacht, die mir eine Heidenangst eingejagt haben, das kannst du mir glauben.“ Jace lachte leise. „Aber ich bin immer vorsichtig gewesen.“

Vorsichtig. Deni hatte gelernt, das ebenfalls zu sein.

Seine Nähe machte sie nervös, doch nicht, weil sie sie nicht mochte. Deni befreite sich aus seinen Armen und drehte sich um. „Ich hoffe, die Couch ist bequem. Bettzeug ist im Schrank in der Diele.“

Sein Blick suchte ihren. „Ich bin sicher, ich werde wie ein Baby schlafen.“ Er berührte ihren Hals über ihrem Halsband, streichelte die Haut mit den Fingerspitzen. Seine jadegrünen Augen verdunkelten sich, aber er sagte nichts. Was auch immer seine Gedanken waren, er behielt sie für sich.

„Dann gute Nacht.“ Deni stellte sich auf die Zehenspitzen und küsste ihn zart auf die Lippen.

Jace schlang einen Arm um sie, verwandelte den Kuss in etwas Tieferes. Sein Mund war Hitze pur in der Dunkelheit, ihre Lippen berührten sich in der Stille.

Schließlich löste er sich von ihr, nahm seine Hände von ihr und ballte sie zu Fäusten, als müsse er sich davon abhalten, noch einmal nach ihr zu greifen. „Gute Nacht“, sagte er.

Deni schluckte, bewegte sich jedoch nicht. „Gute Nacht.“

Jace machte einen Schritt zurück. „Du solltest besser gehen.“

Gute Idee. Falls Deni blieb, würde sie ihn packen, und sie würden gleich hier im Wohnzimmer zur Sache kommen. Eine weitere Chance für sie beide, die Kontrolle zu verlieren.

„Sicher“, antwortete sie. „Wenn du irgendetwas brauchst …“

Jace hielt eine Hand in die Höhe, die Finger steif. „Sag es nicht. Zu gefährlich. Gute Nacht“, wiederholte er fest.

Deni nickte und zwang sich, sich umzudrehen und den kleinen Flur entlangzugehen, Richtung Schlafzimmer. Sie schaute zurück, bevor sie die Tür schloss, sah Jace im Wohnzimmer stehen, aufrecht, groß, solide.

Die Tür zu schließen war eines der schwersten Dinge, die sie je getan hatte.

~

MITTEN IN DER NACHT TRAFEN JACE DIE Nachwirkungen wegen der Unterdrückung des Halsbandes.

Im Dunkeln öffnete er die Augen, sein Gesicht war schweißgebadet, und der Schmerz traf ihn wie ein Hieb in die Magengrube. Er verkniff sich ein Stöhnen – es würde nichts bringen, den Rest des Hauses aufzuwecken.

Die Reaktion des Halsbandes zu blocken forderte seinen Preis mit zeitlicher Verzögerung. Es half enorm während eines Kampfes, aber hinterher musste man dafür büßen. Das System entspannte sich, das Adrenalin wurde abgebaut, und die unterdrückten Schmerzen erwachten und meldeten sich lautstark zu Wort.

Jaces Nerven schienen zu brennen. Der Schmerz begann an seinem Hals und ergoss sich von dort in seinen Körper. Er krümmte sich, während er noch auf der Couch lag, rollte sich auf die Seite und kämpfte stumm gegen die Qualen.

Weiche, kühle Hände berührten ihn. Er hatte sich sein T-Shirt ausgezogen, bevor er sich zum Schlafen gelegt hatte, aber nichts anderes dafür übergeworfen – er hatte genug Decken im Schrank gefunden, die ihn schön warm hielten.

Denis Berührung schnitt durch seinen Schmerz. Sie kniete auf dem Boden neben ihm, und der Stoff ihres langen T-Shirts strich über seine Haut. Sie trug ein Armband an ihrem rechten Handgelenk, eine dünne Goldkette mit einem kleinen Anhänger, der ihn beruhigte, wenn er ihn streifte. Zuvor hatte sie das nicht getragen. Vielleicht hatte sie das Risiko nicht eingehen wollen, sie im Kampfclub zu verlieren.

Jace holte tief Luft, versuchte seinen rasenden Herzschlag zu beruhigen. Deni strich ihm mit den Händen über Brust und Schultern. Vor ein paar Stunden hätte Jace die Berührung sexuell erregend gefunden. Dieselben Hände, dieselbe Frau, doch jetzt beruhigte sie ihn.

Er legte seinen Kopf auf die Armlehne des Sofas, zwang seinen Körper aus der verkrampften Position. Deni fuhr ihm mit den Händen über den Brustkorb zum Bauch, ihre Berührung fest, aber liebevoll.

Jace holte noch einmal tief Luft. Dort, wo er eben noch Denis Hände gespürt hatte, waren die Schmerzen verschwunden.

Sie beugte sich hinab und küsste ihn auf die Brust. Jace schlang einen Arm um sie und zog sie näher. Es fühlte sich so natürlich an, sie an sich zu drücken. Vielleicht hatte er diese Frau schon in einem anderen Leben gekannt, vielleicht hatten sie dort miteinander die ewige Liebe gefunden. Shifter glaubten nicht an die Wiedergeburt, Jaces umnebeltem Hirn hingegen gefiel die Vorstellung.

Deni küsste ihn weiter, streichelte ihn mit ihren Händen. Ihre Lippen waren ganz zart auf seiner heißen Haut, ihre Hände so wunderbar sanft. Wenn Jace nicht solche Schmerzen leiden würde, es hätte ihn sexuell erregt. Wie gerne würde er sie auf sich ziehen, dass sie sich rücklings auf ihn setzte, sie gehalten, während sie Lust und Erfüllung bei ihm fand.

Er stöhnte leise. Deni küsste ihn auf die Lippen, erstickte das leise Geräusch.

Jace erwiderte ihren Kuss. Was für eine wunderbare, süße Frau. Ihre Berührung lockerte die Anspannung in ihm, sandte Wohlgefühl durch ihn.

Sie war aus ihrem Bett aufgestanden, weil sie irgendwie gewusst hatte, dass er litt, und war zu ihm gekommen, nachdem sie einander so steif gute Nacht gewünscht hatten. Jace hatte sich Mühe gegeben, so leise wie möglich zu sein, aber sie musste ihn gehört, seinen Schmerz gespürt haben.

Jace küsste ihre Lippen erneut, streichelte ihr übers Haar. Wenn sie die Zeit hätten und frei wären, würden sie so viel ineinander finden können. Er war Felid, sie Lupid, er stammte aus der Vegas Shiftertown, sie aus der in Austin. Entfernung, Familie und Gesetze trennten sie, doch in diesem Augenblick – wen interessierte das?

Deni hob den Kopf. Sie küsste Jace auf die Nasenspitze und strich ihm mit den Händen noch einmal über den Brustkorb, und die dünne Goldkette klirrte leise.

„Besser?“, fragte sie.

„Viel.“

„Gut.“ Sie stand auf, und der Saum ihres langen T-Shirts strich um ihre Knie. Sie beugte sich vor, hüllte Jace in ihren Duft ein und küsste ihn noch einmal auf die Lippen. Dann war ihre Berührung und sie selbst fort, und er hörte sie über den Flur zu ihrem Schlafzimmer gehen.

Jace lehnte sich zurück, die Schmerzen verblassten. „Gute Nacht“, flüsterte er und fiel in einen tiefen, erholsamen Schlaf.

~

Jace verließ das Haus am nächsten Morgen zusammen mit Ellison Rowe, Denis Bruder. Er ging, obwohl Deni noch gar nicht auf war, weil Ellison ihm die Tür wies.

Jace hatte fest geschlafen, nachdem Deni zum zweiten Mal ins Bett gegangen war, als er jäh geweckt worden war von einem großen Shifter, der sich auf ihn gesetzt hatte.

Beide waren mit wütendem Fauchen von der Couch aufgesprungen, dann hatten sie einander auf dem Wohnzimmerteppich gegenübergestanden. Ellisons helles Haar hatte im Mondschein geschimmert, er hatte die großen Hände zu Fäusten geballt, und seine Wolfsaugen waren weiß gewesen. Jace stand barfuß in Jeans im Haus eines anderen Shifters, und dafür hatte dieser Rudelanführer das Recht, ihn in der Luft zu zerreißen.

Ellisons Gefährtin, eine kleine menschliche Frau namens Maria, hatte sich zwischen sie gestellt und Jace ruhig gefragt, was er hier tat. Jace hatte sie schon zuvor getroffen – die Frau war vor einem Paria-Shifter in Mexiko gerettet und hierhergebracht worden, und Ellison hatte sich Hals über Kopf in sie verliebt.

Sobald Jace seine Anwesenheit erklärt hatte, was mit Dylan und im Kampfclub geschehen war, hatte sich Ellison ein wenig beruhigt. Er hatte schon von Dylans Verhaftung gehört und gestand Jace zu, dass er bleiben könnte. Aber der Ausdruck auf seinem Gesicht, als er Deni auf Jace roch, war pure Wut.

Deni war bei alldem nicht wach geworden, doch sie hatten bei ihrer Auseinandersetzung auch nicht viel Lärm gemacht, hauptsächlich nur geknurrt. Jace hatte beschlossen zu duschen, denn er war es leid, dass andere an ihm schnüffelten, und als er aus dem Bad kam, war die Sonne bereits aufgegangen. Ellison geleitete Jace energisch vor die Tür und ging mit ihm die Straße entlang.

„Meine Schwester“, begann Ellison, „macht gerade eine Menge Mist durch.“

„Davon hat sie mir erzählt.“ Jace schwang sich seinen Rucksack über die Schulter und überlegte dabei, dass er sich vermutlich für die nächste Nacht einen anderen Schlafplatz würde suchen müssen.

„Sie hat Angst und ist noch in der Genesungsphase. Sie kann Verwirrung überhaupt nicht gebrauchen.“

Der verärgerte Leopard in Jace erhob sich. Warum nahmen eigentlich alle an, dass er Deni ausnutzen wollte? Sie mussten sie in Ruhe lassen und ihr Raum geben.

„Ich bin nicht hier, um sie zu verwirren.“ Jace blieb stehen, zwang Ellison, sich zu ihm umzudrehen. Ellison trug seinen Cowboyhut und Cowboystiefel – er spielte gern den großen bösen Texaner. „Deni ist eine gute Frau.“

„Das weiß ich. Ich lebe schon mein ganzes Leben mit ihr zusammen.“ In Ellisons Augen stand Sorge hinter seinem Zorn. „Halte dich zurück. Lass sie nicht …“

Er brach ab, als wäre er nicht in der Lage, die Worte zu finden, um seine Ängste zu formulieren.

Jace wagte es, den Abstand zwischen ihnen zu verringern, wagte es sogar, Ellison eine Hand auf die Schulter zu legen. „Ich würde ihr nie wehtun“, erklärte er. „Ich kann erkennen, dass sie etwas ganz Besonderes ist.“

Ellison erwiderte Jaces Blick, aber seine Miene wurde weicher. „Das stimmt.“

Jace drückte ihm die Schulter. „Dann verstehen wir uns ja.“

Ellison warf ihm einen weiteren Blick zu, dann legte er seine Hand im Gegenzug Jace auf die Schulter. Er drückte etwas fester zu, als nötig wäre, doch er gab nach. Zwei Shifter die sich darauf einigten, nicht zu kämpfen. Wenigstens nicht jetzt.

Ellison kehrte um, und Jace ging ein paar Blöcke weiter auf der Straße zu einem Haus, das ein Stückchen zurückgesetzt hinter einem anderen stand. Dahinter, von der Straße aus komplett verborgen, stand eine unauffällig wirkende gemauerte Garage. Jace öffnete die Tür und trat ein, wurde von Liam Morrissey und seinem Bruder Sean begrüßt.

„Ausgezeichnet", sagte Liam. „Dad lässt sich entschuldigen … logischerweise. Wir fangen jetzt an."

KAPITEL FÜNF

„Sie haben Dylan immer noch nicht wieder gehen lassen?“, fragte Jace.

Die Garage, in der er stand, war in eine Werkstatt verwandelt worden. Zwei lange Tische füllten den Raum, an ihnen standen einige Hocker. Auf die Arbeitstische war eine Kreissäge, ein Bohrständer und etwas, was wie eine Fräse aussah, geschraubt worden. Am Ende einer Bank war ein Juwelierschraubstock befestigt, der sich auf einem großen Kugelgelenk bewegen ließ, sodass man sich das Stück, das man gerade bearbeitete, aus jedem Winkel ansehen konnte.

Es gab auch Werkzeuge – verschiedene Draht- und Gripzangen, Kabelschneider, Messer, Winkelmesser, Lineale und andere Messgeräte. Kästen mit Silberstücken und Verbindungsteilen waren auf den Oberflächen arrangiert, und ein Lötkolben lag neben einer Dose mit Lötpaste.

Einige halb fertige Möbelstücke und ein paar Tabletts mit Schmuck standen in den Ecken des Raumes, aber Jace wusste, dass sie nur zur Tarnung dienten, falls Menschen diese Werkstatt finden sollten. Das tatsächliche Projekt befand sich in dem Kasten mit den Silberstücken. Liam und seine Familie stellten falsche Halsbänder her und untersuchten, wie man Shiftern die echten abnehmen konnte, ohne dass die Träger durchdrehten.

Sean nickte als Antwort auf Jaces Frage. „Dad ist weiter in Haft. Sie haben ihn über Nacht dabehalten. Kim arbeitet schon daran."

„Sie ist wirklich gut, meine Gefährtin", stellte Liam fest. „Entweder bringt sie sie so zur Vernunft, und sonst überhäuft sie sie mit Juristensprache, bis sie daran ersticken."

Jace sah, dass Sean und Liam trotz allem besorgt waren. Beide Männer hatten tiefe Schatten unter den Augen und bewegten sich leicht steif. Sie waren vermutlich die ganze Nacht auf gewesen.

„Seid ihr euch sicher, dass ihr an meinem Hals rumexperimentieren wollt, wenn ihr nicht geschlafen habt?", erkundigte er sich nur halb im Spaß.

„Mach dir keine Sorgen, Junge. Heute tun wir nicht viel."

Sean schnallte sich das Wächterschwert vom Rücken, zog die Waffe aus der Lederscheide und legte beides auf den Tisch. Runen, die alt und mächtig aussahen, bedeckten das gesamte Schwert, die Klinge genauso wie den Griff.

Jace hatte das Schwert gesehen, das dem Hüter seiner eigenen Shiftertown gehörte, aber dieses hier war das Original, wie er wusste. Das erste überhaupt, das von dem Shifter-Meisterschmied Niall O'Connor geschmiedet und von der Fee Alanna verzaubert worden war und das von einer Generation zur nächsten weitergegeben worden war, bis es bei Sean gelandet war. Die Männer der Morrissey-Familie waren Niall O'Connors Erben.

Shifter hatten mit Magie nicht viel am Hut, doch Jace erkannte das typische Kribbeln, wenn er es fühlte. Da war

Magie in dem Schwert, und seine Vibrationen füllten die Luft im Raum.

„Halsbänder“, sagte Liam und setzte sich auf einen der Hocker. „Feenmagie und menschliche Technologie, die miteinander verwoben sind. Das zu knacken ist wirklich schwierig.“

„Wie läuft es denn?“, erkundigte sich Jace. „Irgendwelche Fortschritte?“

„Ein paar“, erwiderte Liam, während Sean ebenfalls Platz nahm, einige Stücke Silber auf den Juwelier-Amboss legte und das Licht der Lupe darüber anschaltete.

„Wir kommen an den Chip.“ Liam tippte gegen das runde schwarz-weiße Stück, ein keltisches Kreuz, das an seiner Kehle lag. „Er ist da drin, verkabelt und einsatzbereit. Die Magie ist in dem Silber, das in das Halsband eingearbeitet ist – zumindest der Großteil. Was wir noch nicht herausgefunden haben, ist, wie die Magie und die Technologie zusammenarbeiten. Das ist wichtig, denn was sie zusammenschweißt, vermuten wir, ist dasselbe, was das Halsband mit der Shifterhaut verbindet. Es dringt in unser Nervensystem und nistet sich dort ein. Das ist der Grund, warum bei den ersten Versuchen, als sie die Halsbänder einfach herausgerissen haben, das Adrenalinsystem der Shifter in den höchsten Gang geschaltet hat und sie zu Paria wurden. Es war, als wenn die Instinkte, die jahrelang von den Halsbändern unterdrückt worden waren, mit einem Mal loslegten, zwanzig Jahre pure Wut in ihnen entfesselt wurde und die Kontrolle übernahm.“

Jace hatte von den Experimenten vor ein paar Jahren gehört, die von einem Idioten durchgeführt worden waren, dem es egal gewesen war, dass die Shifter den Verstand verloren hatten, wenn ihnen die Halsbänder entfernt wurden. Er hatte nur gewollt, dass sie von den Halsbändern befreit wurden und unter seinem Befehl standen. Liam war in den Kampf verwickelt gewesen, um das zu beenden. Liam, sein Vater und Sean hatten die Experimente fortgeführt, ließen es dabei allerdings sehr viel vorsichtiger angehen.

Liam sprach weiter. „Wir müssen herausfinden, was dafür sorgt, dass die Halsbänder als ein Stück zusammenarbeiten. Was sozusagen das dritte Element ist. Magie, Technik … und etwas, das irgendwie dazwischenhängt."

„Und ich bin das Versuchskaninchen?", fragte Jace.

„Nur wenn du das willst, Junge. Wir werden dich nicht zwingen."

Aber das war genau der Grund, warum er hergekommen war. Er hatte langsam im letzten Jahr gelernt, wie er sein Halsband kontrollieren konnte. Hatte es seinem Vater und auch anderen in der Shiftertown beigebracht und sich auf das letztendlich geplante Abnehmen vorbereitet.

Die Morrisseys hatten gelernt, falsche Halsbänder herzustellen, die Menschen täuschen konnten, doch die waren bisher nur bei drei Shiftern im Einsatz: Seans Gefährtin Andrea, Iona in Las Vegas und Tiger, ein Shifter, der von Menschen erschaffen worden war. Tiger hatte, bevor er in die Shiftertown gekommen war, noch nie ein Halsband getragen, und als er versucht hatte, sich eins umlegen zu lassen, war er noch wahnsinniger geworden, als er es ohnehin schon war. Liam hatte beschlossen, dass für Tiger ein falsches die beste Lösung wäre.

Andrea hatte die meiste Zeit ihres Lebens ein echtes Halsband umgehabt, aber merkwürdigerweise hatte es bei ihr nie funktioniert. Andrea war eine halbe Fee. Sean hatte die Theorie, dass der Feenanteil in ihrem Blut irgendwie die Magie des Halsbands unterband. Oder ihre Heilmagie tat das – Andrea war eine Heilerin. Andreas

Halsband war auf jeden Fall sehr einfach abzunehmen gewesen.

Die Morrisseys versuchten, bei anderen Shiftern anzuwenden, was sie bei Andrea gelernt hatten, hatten die Details allerdings noch nicht ausgearbeitet. Es war nicht leicht, Shifter zu finden, die stabil genug waren, vertrauenswürdig genug und willens, sich selbst als Versuchskaninchen für die Experimente zur Verfügung zu stellen. Daher Jaces Ausflüge nach Austin.

Jace öffnete die Arme und zuckte die Achseln. „Was soll ich tun?“

Sean nahm den Lötkolben zur Hand. „Es wäre am besten, wenn du möglichst still hältst.“

Jace betrachtete das bleistiftdünne Gerät, das leicht summte, als Sean es einschaltete. Die Spitze würde unfassbar heiß werden.

„Ernsthaft?“, fragte Jace ihn.

Sean gab sich Mühe, sich seine Sorge nicht anmerken zu lassen, als er nähertrat, wodurch sich Jace nicht wirklich besser fühlte. „Wir versuchen, eine Methode zu finden, die Halsbänder auf sichere Art abzunehmen und gleichzeitig ihre Geheimnisse zu ergründen“, erklärte Sean. „Ich hab mich selbst freiwillig gemeldet, aber Dad und Liam wollten das nicht zulassen.“

„Weil du der Wächter bist“, stellte Jace fest, während ihm der Schweiß ausbrach. „Wenn es dich umbringt, wird das in der ganzen Shiftertown zu spüren sein – wahrscheinlich in der gesamten Shifterwelt. Wenn ich sterbe, werden die Konsequenzen sehr viel weniger schwerwiegend ausfallen.“

„Hier stirbt niemand“, versicherte ihm Sean schnell. „Wir hören auf jeden Fall vorher auf.“

„Gut." Jaces Herz schlug schneller, doch er behielt seinen leichten Tonfall bei. „Der Göttin sei Dank."

„Ich würde dir gerne sagen, dass das jetzt nicht wehtun wird", begann Sean. Er hob den Lötkolben.

Liam stellte sich auf Jaces andere Seite. „Alles in Ordnung bei dir, Junge? Du wirst dich nicht auf uns stürzen, meine ich, oder?"

Ein Schweißtropfen lief Jace den Rücken hinunter, und er ballte die Hände zu Fäusten. „Lasst es uns rausfinden."

„Dad sollte hier sein", stellte Liam fest. „Aber hat uns mitgeteilt, dass wir ohne ihn anfangen sollen."

„Wie genau hat er das denn geschafft?" Jace ließ die glühende Spitze des Lötkolbens nicht aus den Augen. „Er ist schließlich inhaftiert."

„Er ist ziemlich gut darin, uns wissen zu lassen, was er will", sagte Sean. „Er möchte, dass wir anfangen. Er muss irgendetwas in Erfahrung gebracht haben."

„Vielleicht", erwiderte Jace. Er biss die Zähne zusammen und ballte die Fäuste fester.

Etwas Kaltes berührte die Haut an seinem Hals. Ein Messer – ein sehr kleines, schmales, das Liam führte. Sean hielt den Lötkolben zwischen ruhigen Fingern und brachte es nah an Jaces Kehle.

„Die Hitze löst das Metall, ohne dass die Haut aufreißt", erklärte Liam. Sein Messer schnitt Jace ganz leicht in den Hals.

„Und woher wisst ihr das?", erkundigte sich Jace. Weder Sean noch Liam antworteten. Jace wollte seine Kehle nicht bewegen, indem er schluckte, aber konnte nicht anders und musste sich die trockenen Lippen lecken. „Ah, also wisst ihr es nicht."

„Wir haben lange darüber nachgedacht", erwiderte Liam. „Jemand muss der Erste sein."

„Sean hat erzählt, er hat Andrea das Halsband nur mit einem Messer abgenommen."

„Das stimmt, aber Andreas war auch nicht mit ihrem Nervensystem verbunden. Vertrau mir, wir machen es ganz langsam und vorsichtig. Nur ein oder zwei Kettenglieder heute. Morgen mehr, falls es funktioniert."

„Falls es funktioniert", wiederholte Jace. „Deine Fähigkeiten, einen zu beruhigen, sind wirklich großartig, Liam. Du musst ein toller Shiftertownanführer sein."

„Hör auf zu reden", verlangte Liam. „Und halt absolut still."

Er tat das hier für das Wohl aller Shifter, erinnerte Jace sich selbst. Shifter in weiter Zukunft würden von seinem Opfer profitieren.

Es war das Wort – Opfer –, mit dem er im Moment Probleme hatte.

Die Messerklinge schnitt in seine Haut. Zur selben Zeit bewegte Sean den Lötkolben. Brennende Hitze flammte Jace über Hals und Rückgrat. Er spürte, wie ein Katzenfauchen tief in ihm begann, doch er drängte es entschlossen zurück. Wenn er sich jetzt ganz verwandelte, wer zur Hölle wusste dann schon, was mit ihm passieren würde?

Liam und Sean reagierten schnell und zogen sich sofort zurück. Jace öffnete die Augen und schüttelte den Kopf. Der Schmerz ließ etwas nach. Jace blinzelte, und ihm wurde klar, dass er die anderen beiden durch seine Katzenaugen sah. Er entspannte sich, lockerte die Muskeln in seinen Fäusten und stellte fest, dass er sich die Handflächen mit Leopardenkrallen zerschnitten hatte.

Er atmete vorsichtig ein und zwang sich, seine menschliche Form anzunehmen. „War es das?"

Liam schüttelte den Kopf. „Ein Anfang. Noch etwas

mehr, und dann haben wir ein Kettenglied oder zwei gelöst. Danach gehen die Drinks dann auf mich."

„Es ist acht Uhr morgens."

„Ich denk mir, dass dir das egal sein wird, wenn wir für heute Schluss machen, Junge. Außerdem hattest du letzte Nacht ganz schön was um die Ohren. Genau wie wir. Ein schönes Bier ist da genau das Richtige."

Jace holte tief Luft. „Okay", antwortete er. Er stieß den Atem langsam wieder aus. „Ich bin so weit."

Sean legte die Spitze des Lötkolbens auf Liams Klinge, und das heiße Messer glitt unter Jaces Haut. „Ach du …" Jace Worte wurden zu einem wilden Fauchen. Er presste die Lider zu, wollte nicht sehen, wie sich die Welt verwandelte, wenn er shiftete.

Dieses Mal dauerte es länger. Liams Atem strich über Jaces Hals, als er sich vorbeugte, sein Löwengeruch anders als die Katzengerüche, mit denen Jace aufgewachsen war, sodass sein Leopard ein bisschen durchdrehte.

Nach einer quälend langen Zeit trat Liam zurück, Sean nahm den Lötkolben weg, und der Schmerz wurde glücklicherweise besser. Jace öffnete die Augen, konzentrierte sich auf seine Atmung, bis seine Killerinstinkte sich beruhigt hatten.

Seine Kleidung war schweißgetränkt, und er zitterte am ganzen Körper. Er wischte sich mit dem Handrücken übers Gesicht und tastete mit den Fingern von seinem Nacken nach vorn.

„Vorsicht", sagte Liam. „Das wird ein bisschen empfindlich sein."

Ein bisschen? Jace berührte die Stelle praktisch gar nicht, aber seine Hand zuckte weg, so heftig war der Schmerz. „Ist es ab?"

„Anderthalb Kettenglieder", antwortete Liam. „Reicht

für heute.“

„Anderthalb Glieder?“ Jace wandte sich zu dem schmutzigen Spiegel über dem Spülbecken. Ja, ein Kettenglied hatte sich auf der rechten Seite seines Halses gelöst. Und darunter war ein flammend rotes Mal. „Das darf niemand sehen.“

„Nein“, stimmte Liam zu, während Sean den Lötkolben ausschaltete. „Ich schlage einen Schal oder eine Jacke vor.“

Jacke. Jace hatte eine Fleecejacke mit Kapuze für die kühleren Nächte mitgebracht, und Liam hatte das Kettenglied da entfernt, wo das Kleidungsstück die Spuren verbergen konnte.

Jace durchwühlte seinen Rucksack. Der Stoff scheuerte an seinem Hals, aber das leichte Unbehagen war nichts im Vergleich zu dem, was er gerade durchgestanden hatte.

„Und jetzt?“, fragte Jace.

„Bier“, erwiderte Sean und schob sein Schwert zurück in die Scheide. „Und zwar jede Menge. Und dann versuchen wir meinen Dad aus dem Gefängnis zu holen.“

~

Deni beschäftigte sich im Garten, nachdem Will und Jackson zur Arbeit gefahren waren. Maria war in der Schule, und Ellison war zurück, schlief nach der Nacht, die er gehabt hatte, schnarchend in seinem Zimmer. Damit war Deni relativ für sich. Sie wollte nicht im Haus sitzen und warten, ob Jace zurückkommen würde – dann würde sie nur zu grübeln anfangen, durchdrehen, und ihr wilder Wolf würde sich in den Vordergrund drängen.

In Shorts und T-Shirt pflanzte Deni in ein Beet Blumen, die Will mit nach Hause gebracht hatte. Das Wetter in Austin war normalerweise trocken und warm genug für den

Mix aus Trockenklimapflanzen wie Herbstsalbei und welchen, die nasseres Wetter brauchten, wie Petunien oder Rosen. Viele Shifter betätigten sich so, sorgen dafür, dass ihre kleinen Gärten das ganze Jahr über bunt waren. Ein Gegenmittel, dachte sich Deni, zu der Rastlosigkeit, die dafür sorgte, dass sie herumstreifen und kämpfen wollten. Nestbau als Kompensation.

Deni richtete sich gerade auf, nachdem sie einige vertrocknete rote Rosen abgeschnitten hatte, als herrliche Wärme sie von hinten umhüllte.

„Mir gefällt ein Sarong besser", sagte Jace, sein Atem heiß an ihrem Ohr.

„Ach, wirklich?" Deni presste sich gegen ihn. „Dann werde ich dir einen besorgen. Ich wette, du siehst darin niedlich aus."

Sein Lachen entzündete alle möglichen Feuer in ihr. Deni drehte sich in seinen Armen um, die Gartenschere weiter in der Hand. Sie lächelte ihn an, aber das Lächeln verging ihr, als sie das Blut seitlich an seinem Hals entdeckte.

„Alles in Ordnung?"

Jace zog den Kragen seiner Jacke über die Wunde. „Der Preis der Weisheit. Wir werden nicht wissen, was passiert, wenn wir die Halsbänder entfernen, solange wir es nicht tun."

„Es ist immer noch da." Deni zeigte auf das keltische Kreuz in der Kuhle an seinem Halsansatz. Ihr Armband, das sie so oft trug, wie sie konnte, schlug leicht gegen das Kreuz. Deni hatte es von ihrer Mutter geerbt, eine Erinnerung an glücklichere Tage.

„Babyschritte. Ich denke, die Morrissey-Jungs haben mich für einen Tag genug gefoltert – oder zumindest für einen Vormittag."

Deni berührte ihr eigenes Halsband. „Denken sie wirklich, sie können sie entfernen? Ich frage mich, ob …"

Jace schloss seine Finger um ihre Hand. „Ob deine Anfälle aufhören, wenn sie dir deins abnehmen? Ich will nicht, dass du das Risiko eingehst, Deni. Was sie gerade mit mir gemacht haben, hat höllisch wehgetan. Ich will nicht, dass du das auf dich nimmst, bevor sie wissen, was sie tun."

Deni drückte seine Hand. „Und warum lässt du das mit dir machen? Ich will auch nicht, dass du solche Schmerzen hast."

Jace zuckte die Achseln. „Jemand muss der Erste sein. Warum nicht ich?"

„Aber warum musst du es sein?", fragte sie aufgebracht. „Sollen sich Liam und Sean doch gegenseitig quälen."

„Denk mal nach." Jace verschränkte seine Finger mit Denis. „Sean ist Wächter. Liam ist Anführer der Shiftertown. Dylan muss voll einsatzbereit sein, falls Liam Rückendeckung braucht. Ihr Neffe Connor ist viel zu jung für diese Art von Schmerz. Liams Tracker – Ronan, Spike, Ellison – haben jetzt Gefährtinnen und Junge oder erwarten Nachwuchs. Ich bin stark genug, um es auszuhalten, und wenn irgendetwas Dramatisches passiert, sind da Dad und meine Tante Cass, um sich um unsere Shiftertown zu kümmern. Ich habe keine Gefährtin, keine Jungen …"

„Soll das heißen, du wärst entbehrlich?" Deni löste ihre Hand aus seinem Griff, während von irgendwo Wut in ihr aufstieg. „Niemand ist entbehrlich, Jace."

Er sah sie nachsichtig an. „Es ist nett, dass du dich um mich sorgst. Also, wie wäre es, wenn du dir jetzt den Sarong überstreifst?"

Deni schnaubte entnervt und schlug im Spaß mit ihrer freien Hand nach ihm. Jace ergriff sie wieder und zog sie näher zu sich, direkt an seinen harten Körper.

Sein Gesicht verlor den neckenden Ausdruck, und sein Griff wurde fester. „Deni, bei dir bin ich froh, dass ich am Leben bin."

Sie schaute ihm in die Augen, in denen Feuer glühte, und etwas in ihr, von dem sie gar nicht gewusst hatte, dass es angespannt war, löste sich. Sie breitete ihre Finger über seine Brust. „Lass nicht einfach alles mit dir machen, okay?"

Jace warf ihr einen Blick zu, als wäre er überrascht, dass sie sich für ihn einsetzte. Er beugte sich vor und küsste sie, nährte die Flammen, die schon in ihr loderten. Er legte seine Wange an ihre, wiegte sich ein wenig, während er sie hielt.

Er hob den Kopf, strich ihr das Haar aus dem Gesicht. „Ich bin fix und fertig. Zu schade. Ich hatte heute Morgen auf andere Dinge gehofft."

Seine strahlenden Augen verrieten, was er meinte, aber er sah tatsächlich müde aus. Völlig erschöpft. Er hatte in der letzten Nacht nicht viel geschlafen und war schon im Morgengrauen verschwunden. Deni war sich ziemlich sicher, dass er bisher nichts gegessen hatte.

„Setz dich hin", sagte sie und zeigte zur Veranda. „Lass mich die hier noch rasch fertig einpflanzen, und dann bereite ich uns ein spätes Frühstück zu. Oder ein frühes Mittagessen. Wie auch immer du es nennen willst."

Jace lächelte und küsste sie auf die Stirn, zog sie näher an sich, ließ sie dann irgendwann schließlich doch los. „Liam und Sean sind nach Hause gegangen, um ein paar Guinness zu köpfen", verriet er ihr und wandte sich zur Veranda. Er schüttelte den Kopf. „Iren."

Er lachte, aber Deni wurde wütend. Liam erwartete, dass Jace still saß, während er und Sean an ihm rumexperimentierten, und sie machten sich nicht mal die Mühe, ihn nachher mit Essen zu versorgen.

Sie zog sich mit abgehackten Bewegungen wieder ihre Gartenhandschuhe an, während die Verandaschaukel quietschte – Jace seufzte auf, als er sich drauf niederließ –, und wandte sich wieder der Aufgabe, Mulch um ihre neuen Pflanzen zu verteilen. Noch ein paar Rosen, die sie stutzen musste, und dann würde sie einen Berg Eier und Speck braten. Ellison würde bald aufstehen, und sie wusste, wie sehr männliche Shifter es liebten zu essen.

Ein kleines Auto hielt auf der anderen Straßenseite. Deni richtete sich auf und beobachtete, wie Kim Morrissey, gekleidet in einen schmalen Rock und Bluse zu flachen Schuhen, ausstieg. Deni spürte, wie andere Shifter in den Gärten und auf den Veranden die Straße herunter ebenfalls aufmerksam wurden und hinsahen.

Kim schaute herüber und winkte Deni kurz zu, doch ihr übliches Lächeln fehlte, ihr Gesicht blieb ausdruckslos. Die Beifahrertür öffnete sich, und Dylan erschien.

Deni atmete erleichtert auf. Dylan war in Sicherheit. Sie fühlte, wie sich auch die anderen Shifter entspannten, und bemerkte, dass sie sich alle wieder dem zuwandten, was sie unterbrochen hatten.

Dylan warf Deni einen Blick zu und kam dann schnell über die Straße zu ihrem Garten. Er blieb am Rand des braunen Grases stehen, zu sehr Shifter, um ohne Einladung Ellisons Territorium zu betreten. Er ging erst weiter auf Deni zu, die bei ihrem Blumenbeet war, als sie ihm zunickte.

Er sah furchtbar aus. Seine Wangen waren von schwarzen Bartstoppeln bedeckt, das Grau an seinen Schläfen schien heute Morgen auffälliger. Sein Gesicht war schmutzig, sein Haar hing schlaff herab, und seine Kleidung roch nach abgestandenem Rauch und Schweiß.

„Alles in Ordnung bei dir?“, erkundigte er sich.

„Das müsste ich eher dich fragen“, erwiderte Deni, zog

die dreckigen Handschuhe aus und ließ sie zu Boden fallen. Es war immer schwierig, Dylan in die blauen Augen zu schauen, aber für einige Momente tat sie es.

„Mir geht's gut", beruhigte Dylan sie, auch wenn offensichtlich war, dass das nicht stimmte. Er legte Deni eine Hand auf die Schulter und zog sie an sich. „Du hast das letzte Nacht prima gemacht, Mädchen", sagte er. Seine Arme schlossen sich fester um sie, der Alpha, der seinen verängstigten Shiftern Sicherheit gab.

Ein Knurren ertönte. Tief und gefährlich grollte es aus den Schatten, die Drohung unmissverständlich.

Dylan wirbelte herum und ließ Deni los. Ein ähnliches Knurren drang aus seiner eigenen Kehle. Dylan war zu müde, um sich um irgendeine Art von Protokoll zu scheren. Ein Shifter bedrohte ihn, und Dylan würde ihn in die Schranken weisen.

Deni brauchte eine Sekunde, um zu begreifen, dass das Knurren von Jace stammte. Er saß noch immer auf der Verandaschaukel, jetzt allerdings aufmerksam, ganz aufrecht, und seine Augen glitzerten in den Schatten.

Shifter im Territorium von einem anderen waren immer sehr vorsichtig bei dem, was sie taten – und diese ganze Shiftertown war technisch betrachtet Morrissey-Clanterritorium, auch wenn sie die Rechte und die Privatsphäre von einzelnen Familien und Rudeln respektierten. Aber ein Shifter aus einer anderen Stadt, der als geladener Gast da war, konnte eigentlich niemanden angehen, herausfordern oder irgendwelche Probleme machen. Es war unhöflich und außerdem gefährlich.

Also warum zur Hölle lehnte sich Jace Warden vor, den Blick fest auf Dylan gerichtet, und knurrte ihn warnend an, bereit, anzugreifen?

KAPITEL SECHS

F*ass sie nicht an,* sagte Jaces Knurren.

Dass Dylan das auch genau wusste, konnte er an seiner Miene erkennen. Dylan war ebenfalls wütend, und die Nacht im Gefängnis war seiner Laune nicht gerade zuträglich gewesen.

Jace wusste, dass er alle möglichen Verhaltensregeln verletzte, aber das war ihm scheißegal. Dylan hatte Deni angefasst, dabei hatte Jace sie zuerst gesehen.

Eine leise, vernünftige Stimme tief in seinem Inneren teilte ihm mit, dass es völlig normal war, wenn Dylan Deni beruhigte, und dass er selbst, Jace, hier der Eindringling war.

Jace ignorierte die Stimme, bis sie still war. Er wusste, wenn er von der Schaukel aufstünde, würde es einen Kampf geben, und er war sich nicht sicher, ob er das nicht sogar begrüßen würde. Falls Dylan ein guter Shifter war und einfach nach Hause verschwand, würde Jace ihn gehen lassen. Ansonsten …

Dylan wandte sich zur Veranda. Jace erkannte die

Entschlossenheit in seinem Schritt, hatte sie oft genug bei seinem eigenen Vater gesehen. Dylan war auf dem Weg, Jace für seine Unverschämtheit eine Lektion zu erteilen.

Jace blieb auf der Schaukel sitzen. Die Stimme der Vernunft war gerade laut genug, um ihm klarzumachen, dass bei einem Kampf gegen Dylan niemand in dieser Shiftertown auf seiner Seite stehen würde. Nicht bei einer wirklichen Auseinandersetzung. Das hier war nicht der Kampfclub – die Regeln von dort galten hier nicht.

Dylan war auf den Stufen, bewegte sich langsam, doch durchaus bedrohlich auf ihn zu. Jace bemerkte aus dem Augenwinkel ein Aufblitzen, und dann sprang Deni mit wölfischer Eleganz vom Boden und über die Brüstung der Veranda. Die Tatsache, dass sie dabei eine ihrer neu gepflanzten Petunien zertrat, verriet Jace, wie besorgt sie war.

Deni schob sich schnell vor Jace, stellte sich Dylan entgegen, bevor er auf der Veranda ankam.

„Er ist müde und verletzt“, sagte sie hastig zu Dylan. „Genau wie du. Gib nach.“

Es stimmte, Jace war das alles. Aber er war auch wütend. Ein Kampf mit Dylan würde Spaß machen. Löwe gegen Leopard – brutale Kraft gegen Finesse. Wer würde gewinnen?

Dylan sah Deni an, wollte sie dazu bringen, zur Seite zu treten. Doch Deni blieb stehen – das gefiel Jace. Dylan knurrte leise, dann schaute er um Deni herum zu Jace, seine blauen Augen shifterweiß. „Deni hat recht.“ Dylan sprach jedes Wort langsam und ganz bewusst aus. Er beherrschte sich, verzichtete darauf, Deni zur Seite zu stoßen und sich auf Jace zu stürzen, und er ließ ihn auch genau sehen, dass er sich bewusst dagegen entschied. „Wir sind beide erschöpft.“ Dylans Blick wanderte zu Jaces Hals, wo die Jacke heruntergeglitten war und das gelöste Kettenglied enthüllte. „Und du hast Schmerzen. Iss etwas. Schlaf ein wenig."

„Gute Idee", erwiderte Deni. „Tu das auch selbst. Keiner von euch hat sich letzte Nacht besonders erholen können."

Jace blieb still, aber er nickte Dylan langsam zu. Dylan ließ seinen Blick einige Momente länger auf Jace ruhen, schwer und bedächtig, bevor er sich abwandte und von der Veranda trat. Er sagte nichts, kein Abschiedswort oder irgendwas anderes, ging einfach nur über die Straße, wo Kim wartete.

Deni sah Dylan hinterher, die Hände in die wohl gerundeten Hüften gestemmt. Jace könnte die Arme ausstrecken und diese Hüften umfassen, sich Deni einfach auf den Schoß ziehen.

Sie wirbelte herum, bevor er sich rühren konnte. „Hast du sie noch alle? Warum um alles in der Welt hast du das getan?"

Jace zuckte die Achseln, wobei seine Jacke an seinem wunden Hals scheuerte. „Es hat mir nicht gefallen, wie er dich angefasst hat."

„Er ist der Anführer der Shiftertown." Deni verschränkte die Arme und funkelte ihn an. „Es ist sein Job, uns alle zu beruhigen, sicherzustellen, dass es uns gut geht."

„Er ist nicht mehr der Anführer."

„Technisch gesehen vielleicht nicht. Aber Liam verlässt sich darauf, dass er für Ruhe sorgt. Hatte nicht Dylan dich hierher eingeladen?"

„Ja, stimmt." Jace war klar, dass alles, was Deni sagte, wahr und vernünftig war. Doch der Paarungswahn kannte nur „Gefährtin" und „halt dich von meiner Gefährtin fern".

Er musste sich entschuldigen, zu Kreuze kriechen, Dylan wissen lassen, dass er sich nicht wie ein Idiot hatte verhalten wollen. Aber Jace wollte das nicht. Er hatte immer noch Schmerzen von Liams Messer und Seans Lötkolben, und er brauchte einfach mal eine Pause.

Jace stützte die Hände auf seine Oberschenkel und kam auf die Füße. Es gefiel ihm, dass Deni keinen Schritt zurückwich, sondern dicht bei ihm stehen blieb, als gehörte sie genau dorthin.

„Wir sind beide müde", stellte er fest. „Wie du gesagt hast. Also, wie ist es mit dem Frühstück. Lass uns was in die Pfanne hauen. Ich bin am Verhungern."

DENI BEOBACHTETE, WIE JACE Aẞ. UND Aẞ UND Aẞ. SIE hatte sich selbst eine Portion Eier, Schinken und Toast schmecken lassen, aber Jace hörte einfach nicht auf, sich nachzunehmen. Irgendwann wachte Ellison auf und gesellte sich zu ihnen, genauso hungrig wie Jace.

„Ich vermute, der Kampfclub ist für den Moment gestorben", sagte Ellison, nachdem sie diskutiert hatten, was mit den Cops passiert war. „Verdammt. Wir Shifter müssen irgendwie ein bisschen Dampf ablassen können, sonst explodieren wir."

„Du kannst Dampf ablassen, indem du die Regenrinnen säuberst und das Dach reparierst", erwiderte Deni und tat mehr Eier, Käse und Salsa auf die Teller der Männer. „Das wird dich abkühlen."

Jace lachte auf. Er war süß und sexy und füllte den Platz am Tisch, als gehörte er genau dahin.

Ellison verzog das Gesicht. „Du musst nicht immer alles so wörtlich nehmen, Deni."

„War einfach nur eine Alternative", erwiderte sie und setzte sich wieder. Jace nahm ihre Hand in seine, drückte sie, bevor er sich erneut seinem Essen zuwandte. „Ich möchte nicht, dass du in Flammen aufgehst."

Ellison sah zu Jace und Deni, der Ausdruck seiner grauen Augen wissend. Er gab nicht vor, die Signale zwischen ihnen nicht zu bemerken oder wie dicht sie beieinandersaßen.

Es klopfte an der Hintertür, und Jace war sofort kampfbereit. Seine Hand zuckte auf Denis, seine Augen verloren ihr tiefes Grün und wurden heller.

Zur selben Zeit fuhr ein Polizeiauto am Haus vorbei, sein schwarz-weißes Chassis glitt still vorüber. Ellison ging lautlos zu Tür und öffnete sie, fand dort einen kleinen Jungen mit weißen Haaren und schwarzen Augen auf der Türschwelle.

„Olaf", begrüßte Ellison ihn, und sein Körper entspannte sich. „Maria ist noch nicht zu Hause." Maria, Ellisons Gefährtin, passte häufig auf den elfjährigen Olaf, ein Eisbärenjunges, und andere Shifterkinder auf. Sie betreute sie, während ihre Eltern – oder in Olafs Fall Pflegeeltern – arbeiteten.

„Ronan hat mich hergeschickt, um euch zu sagen, dass die Polizei da ist", erklärte Olaf.

„Haben wir schon gesehen." Ellison drehte sich um und bemerkte, wie ein weiteres Auto vorne vorbeifuhr.

„Sie klappern die Häuser ab", fuhr Olaf fort. „Überprüfen Ausweise." Er sah an Ellison vorbei und in die Küche zu Jace. „Die Ausweise von allen."

Denis Herz klopfte plötzlich schneller. „Weiß Ronan, ob sie nach jemand Bestimmtem suchen?"

Olaf schüttelte den Kopf. „Nein. Sie fragen einfach nur nach den Ausweisen." Er sah Jace an, sein kleines Gesicht ausdruckslos. „Was ist mit ihm?"

„Nichts", erwiderte Deni schnell. „Lange Nacht."

Olaf nickte nicht. Er starrte Jace einfach weiter an, und seine Brauen zogen sich zusammen. „Irgendwas stimmt mit ihm nicht."

Mit diesen Worten drehte er sich um und rannte mit großen Schritten die Verandastufen hinab und durch den Garten zum nächsten Haus.

Es war klug von Ronan gewesen, ihn als Frühwarnsystem zu schicken, dachte Deni, während Ellison die Tür schloss. Falls die Polizei ihn anhielt, musste Olaf einfach niedlich und unschuldig aussehen und sie mit seinem Charme umgarnen. Das fiel ihm leicht.

Ellison kam zurück in die Küche, die Schultern angespannt. „Haben wir nicht einen neuen Verbindungsmann zur Shifterbehörde, um genau diese Art von Belästigung zu vermeiden? Ich muss mal mit Tiger sprechen."

„Vielleicht kommen sie aus einer anderen Abteilung", mutmaßte Deni. „Das ist gerade nicht unser größtes Problem."

Sowohl sie als auch ihr Bruder drehten sich um und schauten Jace an.

„Scheiße", fluchte Ellison. Deni wartete angespannt. Sie konnten Jace helfen, aber nur wenn Ellison zustimmte.

Jace hob die Hände. „Ich verspreche, nichts anzufassen."

Ellison ging an Deni vorbei in den Flur zwischen Küche, Wohnzimmer und Schlafzimmer. „Scheiße", wiederholte er, und sein texanischer Akzent wurde stärker.

„Wir haben keine Wahl", sagte Deni zu ihm, während sie und Jace ihm folgten. „Er hat keine Zeit, woandershin zu verschwinden."

Ellison legte seine Hand auf das falsche Wandpaneel in der Mitte des Korridors. „Du weißt, dass das hier ein unantastbares Geheimnis ist", sagte er zu Jace. „Richtig?"

„Das Konzept ist mir vertraut“, erwiderte Jace ungeduldig.

„Verdammt“, fluchte Ellison erneut, dieses Mal aber leiser. „Wenn ich noch ein Rudel hätte, würden sie mich umbringen.“

„Ich bin dein Rudel“, stellte Deni fest. „Und ich spreche auch für meine Söhne. Jace geht da jetzt runter.“

Wäre Jace irgendjemand anders, wäre Deni genauso vorsichtig wie Ellison, die verborgene Tür zu öffnen und Jace sehen zu lassen, was sich dahinter befand. Aber das hier *war* Jace, und sie hatte sich in der Dunkelheit beim Kampfklub gestern Nacht von ihm beruhigen lassen. Er hatte verhindert, dass sie Paria wurde, hatte sie sicher nach Hause gebracht und bewiesen, dass sie ohne Angst zu ihrem normalen Leben zurückkehren konnte. Sie schuldete ihm was.

Die Öffnung in der Wand enthüllte eine Betontreppe, die nach unten in die Dunkelheit führte. Zu dritt blieben sie für einen Moment davor stehen, ließen sich von der Luft unten kühlen.

Geheimräume. Jedes Shifter-Haus hatte sie. Traditionell lagen sie unter dem Hauptgebäude und enthielten die Geheimnisse des Shifter-Clans oder Rudels, Dinge, die gesammelt und verehrt wurden, das Vermögen. Die Shifter hatten all diese Jahrhunderte überstanden wegen der Dinge, die in ihren Schatzkammern aufbewahrt wurden. Sie lebten nun in relativem Frieden – verschiedene Clans und Spezies, die als Nachbarn zusammen in einer Siedlung wohnten –, weil sie diesen Teil von sich bewahrten, Orte, an die ausschließlich die direkte Familie durfte, sicher versteckt unter der Erde.

Einem Shifter, mit dem man nicht verwandt war, diese Geheimräume zu zeigen, war undenkbar. Jace gehörte nicht zur Familie oder zum Clan – er war nicht einmal ein Lupid.

Es klopfte wieder, diesmal an der Vordertür und viel entschlossener als bei Olaf. „Mr Rowe?“, ertönte die Stimme eines Mannes.

Ellison knurrte leise und wandte sich dorthin. Statt die Treppe herunterzugehen, wirbelte Jace herum und stellte sich vor Deni, als wollte er sie beschützen.

„Nein!“, flüsterte sie drängend. Sie packte Jace an der Jacke und schüttelte ihn leicht. „Schau, dass du da runterkommst.“

Jace fuhr herum und sah sie überrascht an, als ob er keine Ahnung hätte, dass er in Beschützermode gegangen war. Seine Augen waren wieder hellgrün, seine Shifterwut offensichtlich.

Deni wusste, dass er die Stufen nicht ohne sie hinuntergehen, sie hier nicht schutzlos zurücklassen wollte. Aber dies war nicht die Wildnis. Dies war die menschliche Welt, und in diesem Moment mussten sie und Jace nach den Regeln spielen, oder sie würden alles riskieren.

„Runter da“, flüsterte sie erneut.

Jace nickte endlich, ließ sich von ihr auf die erste Stufe schieben und erwiderte ihren Blick, während sie die Tür schloss. Deni platzierte das falsche Wandpaneel wieder an Ort und Stelle und betrat gerade das Wohnzimmer, als zwei Polizisten, einer mit einem Betäubungsgewehr bewaffnet, hereinkamen und verlangten, ihren und Ellisons Ausweis zu sehen.

~

JACE BLIEB AUF DER TREPPE STEHEN, PRESSTE SEINE Fäuste gegen die Wand und atmete tief durch. Er wusste, er durfte sich von den Cops unter keinen Umständen erwischen lassen, doch das Bedürfnis, sie von Deni fernzuhalten, hatte ihn überwältigt. Seine Angst um sie hatte seinen gesunden Menschenverstand ausgeschaltet.

Er konnte durch die Tür verstehen, wie die Polizisten mit Ellison und Deni sprachen, wissen wollten, wo Maria war, und auch nach Denis Söhnen fragten. Menschliches Gehör war nicht so gut wie das von Shiftern, aber Jace wusste, dass sie ihn bemerken würden, wenn er nicht vorsichtig war.

In absoluter Stille stieg er den Rest der Treppe hinunter, seine Katzenaugen ließen ihn selbst in der Dunkelheit sehen. Unten traf er auf eine unverschlossene Tür. Er öffnete sie so leise, wie er konnte, und schlüpfte in den Raum dahinter, machte sie wieder hinter sich zu.

Erst dann betätigte er einen der Schalter neben der Tür. Nur einen. Ein einzelnes Licht strahlte in der Mitte des Raums auf.

Jace sah sich um. Nett. Der Hauptraum war mit gemütlich wirkenden Möbeln ausgestattet und grenzte an einen Küchenbereich, der größer war als die oben und mit teureren Geräten ausgestattet. Der Kühlschrank war gut gefüllt, wie er feststellte, als er ihn öffnete. Hier unten konnte ein Shifter ohne Probleme mehrere Wochen lang leben.

Ein Flachbildfernseher war an der Wand befestigt, und darunter befand sich eine Spielekonsole mit Controllern. Jace lächelte. Will und Jackson hatten hier bestimmt Spaß. Ellison vermutlich auch. Jace dachte an sein Zuhause, an Cassidy und ihr Geschick am Pool-Tisch. Deni konnte vermutlich mithalten.

Warum Shifter so gerne Rollenspiele mochten, war Jace hingegen nie klar geworden – sie waren Gestaltwandler und im wahren Leben Kämpfer –, aber die Möglichkeit, eine neue Identität anzunehmen und einem Troll den Hintern zu versohlen, war offenbar unwiderstehlich.

Spielen war jetzt unmöglich. Jace konnte es nicht riskieren, dass die Menschen oben etwas hören würden. Die Räume waren normalerweise mit Schallschutz versehen, doch selbst das konnte nicht alles abhalten.

Er vermutete, dass es Ellison am liebsten wäre, wenn Jace mit geschlossenen Augen in der Mitte des Raumes stand und nichts roch, ansah oder berührte. Und dann irgendwie die Erinnerung an alles auslöschte in dem Moment, in dem er die Räume wieder verließ. Er musste grinsen.

In jeder anderen Situation hätte er vermutlich versucht, die Geheimnisse der Rowes zu respektieren. Aber das hier war auch Denis Zuhause. Es enthielt ihre Essenz, mehr als das Gebäude oben.

Jace konnte sich nicht zurückhalten, bei dem hohen Regal stehen zu bleiben, in dem sich Bücher und eine Ansammlung von gerahmten Fotos befanden. Familienfotos. Ein großes Paar, das Jace nicht erkannte, musste Ellisons und Denis Eltern sein. Das Bild war alt, allerdings offenkundig immer mit großer Sorgfalt aufbewahrt worden.

Ein anderes älteres Foto zeigte Deni, viel jünger, vermutlich erst kurz nach dem Übergang, mit einem männlichen Shifter. Der Mann, der schwarze Haare und graue Augen hatte, war ein Lupid und grobknochig wie die meisten Wölfe. Deni lehnte sich gegen ihn, ein Lächeln auf dem Gesicht, und sah glücklich aus.

Denis Name war immer noch Rowe, dachte Jason. Sie hatte nicht den Nachnamen ihres Gefährten angenommen, was bedeutete, dass ihr Gefährte weniger dominant als sie gewesen war, vermutlich deutlich weniger. Heutzutage konnte die Frau entscheiden, welchen Namen sie benutzen wollte, aber in der Vergangenheit war die Wahl von der Familie, die dominant war, für sie getroffen worden. Selbst jetzt würden dominante Familien darum kämpfen, dass ihre Töchter ihren Namen behielten. Es war lange genug her, dass Deni Gefährtin gewesen war, sodass sie vermutlich mit der Tradition gegangen war.

Ein weiteres Bild von Deni zeigte sie mit zwei Wolfsjungen, deren Augen strahlten. Will und Jackson als Kinder. Denis Gefährte musste das Foto gemacht haben, denn Deni lächelte ihn an, die Augen voller Liebe.

Neuere Fotos zeigten Deni mit Will und Jackson als große junge Männer, alle mit Halsbändern. Dann eins von Ellison, der eine kleine Menschenfrau an sich drückte, Maria, beide lächelnd. Ellison hatte einen entspannteren Gesichtsausdruck, als Jace je bei ihm gesehen hatte.

Ein weiteres war von Deni allein. Im Hintergrund sah man den Fluss, und Deni war in einem Badeanzug und Pareo, das Haar nass, das goldene Armband, das sie so gerne trug, an ihrem Handgelenk. Sie lächelte genauso strahlend, wie sie ausgesehen hatte, als sie ihre Jungen gehalten hatte. Das war eine glückliche Deni, ohne den gehetzten Ausdruck in den Augen. Vor dem Unfall, vermutete Jace.

Eine plötzliche, wilde Wut stieg in ihm auf, und er spürte ein Knurren in seiner Kehle. Sie war mit Absicht von einem Menschen überfahren worden, der sie hatte kidnappen wollen. Auch wenn der Mann längst tot war, wünschte sich Jace, den Täter vor sich zu haben, damit er ihm persönlich den Kopf abreißen konnte.

Die Wut kam so überraschend, dass er unwillkürlich begann, sich zu verwandeln. Da versetzte ihm urplötzlich sein Halsband einen Schock.

Der Schmerz war heftig. Jace presste sich die Faust gegen den Mund, um den Schrei zu unterdrücken, der in ihm aufstieg, sich ihm über die Lippen drängen wollte.

Ach du Scheiße. Er schloss die Augen, versuchte zu atmen, wiederholte schnell das Mantra, um das Halsband zu beruhigen. Das Halsband versetzte ihm einen weiteren Schock, und er ballte unter den nahezu unerträglichen Qualen die Fäuste.

Was zur Hölle …?

Jace merkte, dass er auf dem Boden lag, die Arme um die Beine geschlungen, während er sich vor Schmerzen hin und her wiegte. Blitze der Wut schossen durch ihn hindurch, gefolgt von genauso intensiven Blitzen des Verlangens. Verlangen nach Deni.

Er brauchte ihre Berührung, ihren Kuss, ihren Geruch um sich. Ihren Körper an seinem. Eine weitere Zeit der Leidenschaft mit ihr, eine weitere Zeit, in der er sich in ihr versenken und sich einmal in seinem Leben komplett fühlen konnte.

„Scheiße", entfuhr es ihm laut. Das war nicht der Paarungswahn. Oder vielleicht war er es zum Teil. Aber Jace erkannte die Symptome, weil er sie bei einigen anderen bedauernswerten Opfern gesehen hatte. Wahnsinniger Hunger. Das intensive Verlangen nach Sex. Jäh auflodernde Wut, die Bereitschaft zu töten und um jeden Preis zu beschützen, was ihm gehörte.

Nur zwei Glieder seines Halsbandes waren gelöst worden, nicht einmal vollständig, doch es hatte den Paria in ihm geweckt.

Sollte ihn nicht überraschen, dachte er sich. Liam hatte gesagt, dass das Entfernen der Halsbänder die Instinkte, die jahrelang unterdrückt worden waren, in einem vulkanartigen Ausbruch hervorschießen ließ. Der

Trick war, herauszufinden, wie man diesen Effekt verhindern konnte.

Für den Moment musste Jace sich beherrschen. Irgendwie. Die Polizei befragte oben die Frau, die er wollte … Doch darüber konnte er jetzt nicht nachdenken. Wenn er das tat, würde er hochstürmen und sie alle umbringen.

Reiß dich zusammen.

Merkwürdig, es war so leicht gewesen, Deni zu sagen, dass sie sich beruhigen sollte. Und jetzt so schwierig, sich selbst dazu zu bringen.

Jace zerrte die Schranktür auf – er hielt sich gerade noch zurück, einfach das Glas zu zerschlagen und seine Hand hindurchzustecken. Er nahm das Foto von Deni allein, die ihn fröhlich anlächelte.

Er berührte ihr Gesicht mit den Fingern, atmete tief ein und aus. Deni anzusehen, half ihm, die Kontrolle zu bewahren, aber gerade so.

Jace musste wissen, was oben passierte. Nahmen sie Deni im Polizeiwagen mit, verhafteten sie sie aus irgendeinem Grund?

Er presste sich das Bild gegen die Brust, versuchte sein Verlangen zu unterdrücken, die Treppe hoch zu stürmen und Deni in Sicherheit zu schaffen. Er musste nachdenken.

Jace war klug – er hatte die meisten der unterirdischen Räume und der technischen Spielereien in dem Haus, in dem er mit seinem Vater und seiner Familie in der Vegas-Shiftertown wohnte, entworfen. Er war auch herangezogen worden, um diese Räume in den neuen Häusern, die dort gerade errichtet wurden, zu planen. Was hatte er unternommen, um sicherzustellen, dass sie nicht in ihren eigenen Schlupflöchern festsaßen, ohne zu wissen, was draußen passierte?

Er ging zum Fernseher, vergewisserte sich, dass die

Lautstärke ganz runtergestellt war, und schaltete ihn an. Er drückte ein paar Knöpfe auf der Fernbedienung … Ja, sie hatten es genauso gemacht. Oder vielleicht waren sie Jaces Entwurf gefolgt, mit dem Eric gerne angab.

Einer der Kanäle zeigte das Bild von oben. Ellison musste Kameras im großen Wohnzimmer und eine auf die vordere Veranda installiert haben. Sie stellten sich jetzt scharf, zeigten Deni, die neben Ellison stand, sowohl sie als auch ihr Bruder aufgerichtet, aber entspannt, ohne jedes Anzeichen von Widerstand.

Vier Polizisten versperrten ihnen den Weg aus dem Raum, eine Frau mit einem Betäubungsgewehr sprach mit ihnen. Ellison und Deni antworteten, wirkten ganz ruhig, versuchten, sich keine Nervosität zu anmerken zu lassen. Menschen waren nicht so gut darin wie Shifter, Körpersprache zu lesen, doch einige hatten durchaus Kenntnisse darin, vor allem die Mitglieder der Polizei, die öfter mit Shiftern zu tun hatten.

Jace stellte den Fernseher lauter, doch es war weiterhin zu gedämpft, um zu verstehen, was gesprochen wurde. Glücklicherweise stürzte niemand vor, um Ellison oder Deni Handschellen anzulegen. Einfach nur Polizisten, die mit Bürgern sprachen, Bürger, die zufälligerweise Shifter waren.

Jace setzte sich aufs Sofa, konnte nicht wegsehen. Er drückte Denis Bild gegen sich, fast ohne es zu bemerken. Er umarmte es immer noch, als die Polizisten endlich das Haus verließen und Deni nach unten kam, um nach ihm zu sehen.

~

JACE WAR VON DER COUCH AUFGESPRUNGEN UND AM FUẞ

der Treppe, sobald Deni erschien. Er zog sie in eine feste Umarmung, hob sie von den Füßen.

„Es ist alles in Ordnung, Jace“, versicherte sie ihm schnell. „Mir geht es gut.“

Jace knurrte und presste sein Gesicht gegen ihren Hals. Deni hielt ihn, die Härte seines Körpers an ihrem verlangsamte ihr rasendes Herz.

„Du hast Sachen angefasst“, stellte Ellison fest, nur halb im Scherz. Er ging an Jace vorbei, schnappte sich die Fernbedienung von der Couch und schaltete den Fernseher aus. Er begann, die Schranktür zu schließen, und hielt inne. „Du hast mehr angefasst.“

Deni nahm Jace ihr gerahmtes Foto aus der Hand. Sie musste daran ziehen, bevor er blinzelte und es losließ, als wenn er vergessen hatte, dass er es so fest hielt. Deni gab es Ellison, der es zurück ins Regal stellte, aber erst nachdem er Jace einen scharfen Blick zugeworfen hatte.

„Hast du verstehen können, was sie gesagt haben?“, fragte Deni.

„Nicht sehr gut.“ Jace entließ sie aus seiner Umarmung und nahm ihre Hand fest in seine. „Ich habe nur mitbekommen, dass sie dich nicht verhaftet haben. Göttin sei Dank. Was ist passiert?“

„Sie sind daran interessiert, was die Shifter in letzter Zeit so gemacht haben“, erwiderte Ellison. „Sehr interessiert. Sie haben sich die Ausweise angeguckt und sich erkundigt, wo wir arbeiten, was wir treiben, wenn wir frei haben.“

„Man muss sich fragen, warum sie das plötzlich wissen wollen“, stellte Jace fest. „Direkt nachdem ich angekommen bin. Ich glaube nicht an Zufälle.“

„Ich auch nicht.“ Ellison und Jace wechselten einen grimmigen Blick. „Ich hasse es, das zu sagen, aber du bleibst am besten einige Zeit hier unten. Sie durchkämmen die ganze Shiftertown und werden vermutlich nicht so schnell verschwinden."

Deni sah das Aufblitzen in Jaces Augen, den wilden Ausdruck, den sie manchmal bei sich selbst bemerkte. Gefangen.

Sie berührte seinen Arm. „Ich werde bei dir bleiben."

Jaces Ausdruck veränderte sich sofort zu etwas Hungrigem und Rauem, seine Augen waren sehr hellgrün. „Das solltest du nicht."

„Du hast Schmerzen." Deni legte ihre Finger neben die roten Stellen um sein Halsband, berührte sie aber nicht. „Wegen dem hier?"

„Ich weiß es nicht." Jaces Hand schwitzte, war glatt in ihrer. „Ich glaube schon."

„Ich wusste, dass Liam sich was vormacht, wenn er davon spricht, uns die Halsbänder abzunehmen", sagte Ellison. „Ich werde mal Dylan holen, damit er sich dich angucken kann."

„Sei vorsichtig", mahnte Deni.

Ellison tippte sich an einen imaginären Cowboyhut. „Ich bin immer vorsichtig, Ma'am", antwortete er im breitesten texanischen Dialekt, ging dann an ihr vorbei die Treppe hoch.

„Setzen wir uns." Deni wollte Jace zum Sofa führen, aber er rührte sich nicht von der Stelle. Sein Körper war stark, ein Fels, den sie kein Stück verrücken konnte.

„Deni, du solltest hier besser verschwinden." Sein Griff war fest, seine Hand heiß.

Denis Herz schlug schneller, als sie sein Handgelenk berührte und seinen Puls unter ihren Fingern hämmern spürte. „Ich denke, ich sollte bleiben. Ellison ist sofort zurück."

„Nein, geh!“ Jace stieß sie weg, sein Atem kam keuchend. „Wenn du bleibst, weiß ich nicht, was ich tun werde. Ich will dich – letzte Nacht war nicht genug. Ich will dich wie nie etwas zuvor, und ich will dich jetzt. Du musst auf dich aufpassen.“

Deni ließ ihn los, blieb aber direkt vor ihm stehen. Ein Shifter, der zum Paria wurde und den Paarungswahn spürte, war eine gefährliche Sache. Jace könnte alles tun, sie sogar töten, wenn er verrückt genug war. Das begriff sie.

Andererseits war es im Paarungswahn allein die Gefährtin, die einen Shifter davor bewahrte, komplett den Verstand zu verlieren. Sie dachte an Jace hinter sich auf dem Motorrad, wie er sie wärmte und ihr die Stärke verlieh, ihre Angst zu überwinden und sie heimzufahren. Er war jede Sekunde bei ihr gewesen, und er hatte sie gehalten, als sie es geschafft hatten. Als Jace sich hier unten verbergen musste, hatte Deni gedacht, dass sie ihm was schuldete. Das fand sie immer noch.

„Ich werde nicht gehen“, erklärte sie.

Jaces Augen wurden ganz weiß. Er fasste Deni an den Handgelenken und riss sie an sich.

KAPITEL SIEBEN

Deni landete an Jaces Brust, seine Haut war ganz heiß unter dem dünnen T-Shirt. Der Reißverschluss seiner Jacke rieb ihr über die Arme, und die Reibung sandte eine Hitzewelle durch ihren Körper.

Jaces Kuss war hart, seine Zunge drang in ihren Mund, und er umfasste ihre Handgelenke fest. Aber Deni war stark, war schon immer stark gewesen. Ohne diese Stärke hätte sie nicht so viel ertragen können. Sie stellte sich auf die Zehenspitzen, küsste ihn zurück. Ihr Körper passte perfekt an seinen.

Jace hob den Kopf, löste sich von ihr. Seine Lippen waren geöffnet, sein Mund lockte sie. Deni kannte jetzt seinen Geschmack und wollte mehr. Sie wusste auch, wie er sich in ihr anfühlte, und sie wollte das wieder. Sie wollte seinen festen Körper auf ihrem, wollte die Hitze seiner Stöße, die sie füllten. Sie griff nach dem Knopf seiner Jeans und öffnete ihn.

Jaces Finger schlossen sich noch fester um ihre Handgelenke. „Spiel nicht mit dem Feuer."

„Mir ist kalt“, erwiderte Deni mit leiser Stimme. „Wärme mich.“

Jace kämpfte darum, bei klarem Verstand zu bleiben. „Ellison wird bald zurück sein, hast du gesagt.“

Sie schenkte ihm ein kleines, unglaublich sexy Lächeln. „Dann sollten wir uns wohl besser beeilen.“

„Verdammte Hölle.“

Deni öffnete den Reißverschluss seiner Jeans. Als sie ihre Hand hineinsteckte, stellte sie fest, dass er sich diesen Morgen nicht die Mühe gemacht hatte, Unterwäsche anzuziehen. Sein Schwanz lag hart und heiß in ihrer Hand.

Jace stöhnte. Er zog Deni näher an sich, hielt sie im Arm, während sie ihn leicht streichelte. „Götter, Frau.“

„Du hast mich aufgeweckt, Jace“, sagte sie. „Ich will dir dafür danken.“

„Letzte Nacht, meinst du?“ Seine Worte klangen halb erstickt. „Da habe ich die Nachwirkung des Kampfes gespürt. Ich hab versucht, still zu sein.“

„Du weißt, dass ich das nicht meine.“ Deni drückte seinen Schwanz leicht, bis sich ihm ein weiterer Lustlaut entrang.

„Verdammt.“ Jace zog ihre Hand von sich, aber nur, damit er sie hochheben konnte. Er küsste sie mit einer Wildheit, die nach Feuer schmeckte.

Das Sofa war in der Nähe. Jace beugte Deni über seinen Arm zurück, bis sie beide in die Kissen fielen, Arme und Beine ineinander verschlungen. Deni lachte.

Das Lachen rettete sie vermutlich, dachte sie später. Jace schüttelte leicht den Kopf, als wenn er seinen Kopf klären müsste, und seine Augen nahmen wieder eine jadefarbene Tönung an. Seine Küsse wurden zärtlich, seine Lippen lagen sanft auf ihren. Sie strich ihm mit den Fingern durch sein kurzes Haar, genoss die Wärme darin.

Jace knöpfte ihr die Shorts auf, zog sie ihr unter komischen Verrenkungen runter, bei denen sie beide lachen mussten. Seine Jeans landete am Boden auf ihren Shorts, und dann lagen sie Haut an Haut aufeinander. Deni krallte sich in seine Jacke, doch bevor sie sie ihm abstreifen konnte, glitt Jace schon in sie.

Tief in sie hinein. Letzte Nacht auf dem Parkplatz war es heftig und schnell gewesen. Jetzt hielt alles inne. Jace schaute Deni in die Augen, der wilde Shifter wurde zu einem Mann, mit harten Zügen, aber zärtlichem Blick.

Er füllte sie, sein Atem wurde langsamer, während er auf ihr lag und ihr Gesicht berührte. Der Druck von ihm in ihr entspannte sie am ganzen Körper, und Deni schlang Arme und Beine um ihn, zog ihn in sich.

Jace schloss die Augen, stöhnte ein weiteres Mal. Er küsste sie auf den Mund, biss ihr leicht in die Lippe.

Nach einem Moment öffnete er die Augen wieder und begann sich zu bewegen. Langsame Stöße, einer intensiver als der andere. Ohne die Augen von ihren zu wenden. Das wilde Tier hatte sich beruhigt. Jetzt waren sie nur noch Deni und Jace.

Deni bog unter ihm den Rücken durch, und Jace stieß sich schneller in sie. Sie wurde in die weichen Schaumpolster des Sofas gedrückt, ganz runter bis auf die Federn. Sie hielt sich an ihm fest, lachte in sein Haar, während die Federn anfingen zu quietschen.

„Göttin, du bist wunderschön", flüsterte Jace und hauchte ihr federleichte Küsse aufs Gesicht. „Ich bin hergekommen, um dich zu finden. Ich bin mir sicher, dass es so war."

Er war schon früher in dieser Shiftertown gewesen, aber Deni wusste, was er meinte. Letzte Nacht waren sie bereit gewesen, sich zu treffen.

Das weiche Fleece von Jaces Jacke fühlte sich gut unter Denis Händen an, der Reißverschluss scheuerte an ihren Handflächen. Während Jace sie küsste, konnte sie wieder sehen, wo ein Glied seines Halsbandes und die Hälfte von einem anderen aus seiner Haut gelöst worden waren, die dunkelrot darunter schimmerte.

Er war kurz davor gewesen, Dylan auf der Veranda zu töten, genau wie die Polizisten, als sie angeklopft hatten. Das Lösen des Halsbandes ließ seine wilden Instinkte zum Vorschein treten, vermutete sie. Als sie darüber nachgedacht hatte, sich das Halsband abnehmen zu lassen, hatte Liam ihr erklärt, dass so etwas passieren könnte. Aber für den Moment gab Jace sich Mühe, sanft zu sein, liebte sie ganz ohne verrückte Wildheit.

Er stieß sich weiter rhythmisch in sie, und Deni bewegte sich unter ihm, kam ihm entgegen. Seine Jacke enthielt noch seine Wärme, und sie ließ ihre Hand hineingleiten, fand darunter seinen harten Rücken. Sein trainierter Körper war glatt unter ihrer Berührung, das geschmeidige Spiel seiner Muskeln erregend.

Sie atmeten beide keuchend, stöhnten leise, hielten sich aneinander fest, als plötzlich von der anderen Seite der Couch Schritte zu hören waren.

Zwei große Fäuste stützten sich auf die Rückenlehne des Sofas, und Deni blickte gerade rechtzeitig hoch, um zu sehen, wie Ellison sich halb verärgert, halb angewidert wegdrehte. „Ist das euer Ernst?“, knurrte er.

Jace entfuhr ein „Scheiße“, und seine Augen nahmen wieder eine hellere Färbung an. Er sprang vom Sofa hoch, der Saum seiner Jacke fiel herab, doch sie war nicht lang genug, um ihn ganz zu bedecken.

Deni wusste natürlich, dass Dylan oben war, von ihrem Kellerschutzraum entfernt. Ellison wandte ihnen weiter den Rücken zu. Er zitterte, und Deni wusste nicht, ob aus Wut oder vor Lachen. Vermutlich von beidem ein bisschen.

„Göttin, Deni, er ist ein Felid", sagte Ellison. Er schüttelte den Kopf, ohne sich umzudrehen. Sein blondes Haar schimmerte im Schein der Deckenlampe. „Schaut beide, dass ihr eure Hintern nach oben schafft. Nachdem ihr sie verhüllt habt."

Er schüttelte ein weiteres Mal den Kopf und begab sich zur Treppe. Seine Cowboystiefel scharrten auf dem Zementboden, dann war er weg.

Deni schluckte und versuchte ihr Bedürfnis zu unterdrücken, in hysterisches Gelächter auszubrechen. „Ich fürchte, er war schneller zurück, als ich gedacht hatte."

Jace lächelte nicht. „Er muss dich respektieren."

Deni setzte sich auf und strich sich das Haar aus dem Gesicht. „Er hat dich gerade erwischt, wie du seine kleine Schwester rangenommen hast. Das darfst du nicht vergessen."

Jace knurrte wieder, griff dann nach unten und zog Deni auf die Füße. Als sie von der Couch hochkam, presste er sie gegen sich. „Geht's dir gut?"

„Ja." Und das stimmte. Sie sollte verlegen sein, weil ihr Bruder sie erwischt hatte – weil sie so unbesonnen gewesen waren. Aber das war sie nicht. Es schien völlig natürlich, sich mit Jace zu paaren. Die Shifter feierten den Sex, weil es Leben, Junge, Zukunft bedeutete. Sie würde sich dafür nicht entschuldigen.

„Und wie steht's mit dir?", erkundigte sie sich im Gegenzug. Jace zitterte, doch er hielt sie weiter fest.

„Alles in Ordnung." Er atmete tief ein und zog sie näher an sich. Sein Schwanz stieß gegen ihren Unterleib. „Ich verstehe das jetzt – wie es für dich sein muss, wenn du anfängst, zu vergessen, wer du bist. Ich hätte das nicht so einfach abtun sollen."

Deni sah ihn alarmiert an. „Vergisst du, wer du bist?"

„Nicht ganz." Jace küsste sie aufs Haar und legte seine Wange auf ihren Scheitel. „Aber fast. Erinnere mich weiter daran, wer ich bin, okay?"

~

„SIE SUCHEN JEMANDEN", VERKÜNDETE DYLAN, ALS SIE die Treppe hinaufkamen.

Sie sprachen in der Küche, wo die Fenster hoch, klein, von Vorhängen verdeckt und in den hinteren Garten gerichtet waren. Von den großen Fenstern des Wohnzimmers des Bungalows hielten sie sich bewusst fern.

Jace gefiel es nicht, dass die Polizei durch die Shiftertown streifte, doch genau jetzt summte sein Körper von Denis Nähe, und er erinnerte sich wieder daran, welche Freude es war, in ihr gewesen zu sein.

Er liebte die Süße ihres Geruchs, heute verbunden mit dem der frischen Erde, weil sie im Garten gearbeitet hatte. Der Geschmack von ihr erfüllte ihn wie guter Wein. Sie hatte sich ihm jetzt eingebrannt, das Gefühl ihrer sanften Schenkel an seinen Beinen, die Art, wie sich ihre Muskeln um ihn schlossen, wenn er sich in sie schob.

„Jace?", fragte Deni.

Sie versuchte nicht, seine Aufmerksamkeit auf sich zu ziehen, wurde ihm nach einem Augenblick klar. Sie fragte Dylan, ob Jace der Shifter war, den die Polizei aufspüren wollte.

„Haben sie nicht gesagt", antwortete Dylan. „Ich weiß nicht einmal, ob sie nach einem Shifter suchen. Beim Kampfclub hatten sie einen Tipp, das hat mir der eine

Beamte erzählt. Ich hab ihm gesagt, dass es immer wieder Gerüchte wegen eines Shifter-Kampfclubs gibt, weil die Menschen das aufregend finden. Genau wie die Gerüchte über Shifter-Prostituierte."

Shifterfrauen hatten noch nie ihre Körper verkauft, weder jetzt noch früher. Aber sie konnten freizügig leben, denn für Shifter war Sex nichts, wofür man sich schämen müsste. Solange eine Shifterfrau ohne Gefährten war, konnte sie so viele Bettpartner haben, wie sie wollte. Nicht allen gefiel es herumzuschlafen, doch einige Shifterfrauen mochten es. Die Menschen verwechselten das manchmal mit dem ältesten Gewerbe der Welt, daher die Gerüchte.

„Ein Tipp von einem Menschen?", erkundigte sich Ellison.

„Das wollten sie mir nicht sagen." Dylans Augen glitzerten. „Welcher Shifter würde uns verraten?"

Ellison zuckte die Achseln. „Einer, der aus irgendeinem Grund wütend ist. Auf andere Shifter oder auf dich. Da fällt mir Broderick ein."

„An den habe ich auch schon gedacht. Ich werde mal mit ihm reden." Dylans irischer Akzent ließ die Worte gelassen klingen, Jace hörte allerdings den stählernen Tonfall, der darunter lag.

„Wenn sie Haus um Haus abklappern, was ist dann mit der Werkstatt?", wollte Jace wissen.

Dylan schüttelte den Kopf. „Die haben sie noch nicht gefunden. Halte dich hier bedeckt, und ich gebe Bescheid, wenn die Luft wieder rein ist. Falls das je passiert." Dylan ließ seinen Blick über Jace wandern. „Vielleicht sollten wir mit dem Experiment ohnehin aufhören. Es hat Auswirkungen auf dich."

„Dem stimme ich zu", sagte Deni schnell.

Jace schüttelte den Kopf. „Nein, wir werden die Halsbänder nie loswerden, wenn wir Angst davor haben. Ich will, dass wir weitermachen."

Es klang durchaus verlockend, sich nicht weiter den Qualen von Sean mit seinem Lötkolben auszusetzen und nach Hause zurückzukehren, aber es war zu wichtig, so viel wie möglich über die Halsbänder zu erfahren. Außerdem war Deni hier.

„Wir werden sehen." Dylan warf ihm einen weiteren abschätzenden Blick zu. Jace wusste, dass die Szene auf der Veranda Dylan nicht gerade positiv gestimmt hatte, doch Jace hatte es definitiv nicht gefallen, dass Dylan Deni angefasst hatte, egal, wie unschuldig es gemeint gewesen war.

„Warum hast du gewollt, dass ich dich im Kampfclub treffe?", fragte Jace ihn. „Ich hätte in die Shiftertown kommen und hier auf dich warten können."

Dylans Gesicht war ausdruckslos. „Aus Gründen, die jetzt nicht mehr wichtig sind. Verlass nicht das Haus, bis ich dir sage, dass es okay ist. Schlaf ein bisschen oder irgendetwas." Dylans Blick wanderte von Jace zu Deni. „Ich meine, wirklich schlafen."

Jace machte sich nicht die Mühe zu antworten. Deni wurde rot, aber nur weil Ellison die Augen verdrehte.

~

ELLISON WAR EINVERSTANDEN, DASS JACE UNTEN BLIEB, bis Dylan ihnen Bescheid gab. Das war sicherer, sagte er, falls die Polizei sie überraschen wollte. Es war schon geschehen, dass Polizisten einfach in das Haus eines Shifters eingedrungen waren. Die Regeln wegen Durchsuchungsbefehlen wurden deutlich laxer gehandhabt, wenn es um Shifter ging.

Deni war froh, dass Ellison sich genau wie sie Sorgen

um Jace machte, auch wenn er ein bisschen grummelte. Jace und Deni in flagranti zu erwischen, war nicht gerade das Highlight seines Tages gewesen, ließ er sie wissen.

„Es ist schließlich nicht so, dass ich dich und Maria noch nie im Wohnzimmer überrascht hätte", erinnerte ihn Deni.

Ellison warf ihr einen unschuldigen Blick zu. „Das ist etwas anderes."

„Leck mich", erwiderte Deni und schenkte ihm ein zuckersüßes Lächeln.

„Auf keinen Fall", erwiderte Ellison. „Igitt."

Wenigstens neckte er sie jetzt, selbst wenn er verärgert war.

Als Will und Jackson nach Hause kamen – Jackson arbeitete bei einer Umzugsfirma und Will in einem Lagerhaus, denn die Menschen wussten die Körperkraft der Shifter durchaus zu schätzen –, erklärte Ellison ihnen die Situation. Maria, die mit Ellisons erstem Jungen schwanger war, war ebenfalls zu Hause. Sie besuchte Kurse im Community College, weil sie im nächsten Jahr studieren wollte, und verbrachte den Rest des Tages damit, sich um Shifterjunge zu kümmern. Maria sah nicht mehr so getrieben aus wie damals, unmittelbar nach ihrer Rettung, und Ellison hatte den Ausdruck tiefer Einsamkeit verloren. Wenn Deni jetzt nur auch noch ihren loswerden könnte.

Sie vertrieben sich die Zeit im Keller mit Videospielen, und Jace war sehr gut darin. Will, der sich zu einem Computergenie entwickelte, hatte Mühe, mitzuhalten.

Deni machte sich Sorgen, dass die Spiele dafür sorgen könnten, dass Jaces wilde Wut wieder hervorbrach, aber das geschah nicht. Vielleicht machte das Wissen, dass es nicht echt war, sondern nur Pixel auf einem Display, einen Unterschied. Deni beeinträchtigten die Spiele nie. Sie hatten allerdings auch keinen Geruch, keine Atmosphäre.

Shifter wurden eher von Dingen stimuliert, die alle Sinne auf einmal ansprachen.

Als Will und Jackson ins Bett gingen, waren sie voll des Lobes über Jace. Er war zwar zwanzig Jahre älter, aber sein Wissen über Spiele und Computerprogrammierung hatten ihn in ihrer Achtung deutlich steigen lassen.

Bevor Deni anfangen konnte, sich mit Ellison darüber zu streiten, dass sie unten bleiben und bei Jace schlafen wollte, erschien Sean an der Hintertür und teilte ihnen mit, dass die Polizei weg sei, und das offenbar schon seit ein paar Stunden.

„Wir wollten warten, bis wir wirklich sicher sein konnten", erklärte er, während er sich gegen den Rahmen der Küchentür lehnte. Sein Schwert glänzte unter dem Verandalicht. „Wir wollten nicht, dass sie zurückkommen und rufen: ‚Reingelegt'." Er warf Jace, der hinter Ellison stand, einen Blick zu. Jace gestand Ellison zu, dass er das Haus bewachte. „Bereit für mehr Folter, Junge?"

„Ihr werdet ja wohl nicht heute Nacht noch weitermachen", stellte Deni scharf fest. „Lasst Jace in Ruhe. Er muss sich ausruhen."

„Wir möchten im Schutz der Dunkelheit arbeiten", erwiderte Sean. „Wir werden am Tag schlafen. Felide sind normalerweise ja ohnehin nachtaktiv."

„Schon in Ordnung", sagte Jace. „Ich will das über die Bühne bringen und dann damit fertig sein." Es sah weniger durchgedreht aus – vielleicht hatte ihm das Spielen gutgetan. „Wartet Liam schon dort?"

„Liam ist in der Bar wie immer, falls der, der der Polizei die Tipps gibt, irgendetwas Ungewöhnliches meldet. Heute Nacht werden ich und Dad an dir arbeiten. Und mit noch etwas mehr Hilfe." Sean sah Ellison an. „Liam sagt, du und

Maria sollen zur Bar kommen. Habt Spaß, redet mit euren Freunden, lacht. Du auch, Deni."

„Nein." Deni trat einen Schritt näher zu Jace. „Ich gehe mit ihm. Ihr Morrisseys seid viel zu sehr darauf erpicht, mit allerlei scharfen Gegenständen an ihm herumzuexperimentieren. Jace muss jemanden dabei haben, der auf seiner Seite ist."

Sean hob beide Hände und diskutierte nicht. Von den beiden Morrissey-Brüdern – die sich mit ihrem dunklen Haar und den blauen Augen sehr ähnlich sahen – war Sean der deutlich entspanntere. Wenn Deni sich mit Jace zusammentun wollte, dachte sich Sean, wer war er, sie daran zu hindern?

Ellison war nicht glücklich, dass Deni mit zur Werkstatt wollte, aber Maria schlug sich auf ihre Seite, stellte klar, dass sie Ellison auch nicht allein gehen lassen würde, wenn sie diese Entscheidung treffen müsste. Zu Denis Erleichterung setzten sich die Frauen durch.

Sie verließen das Haus gemeinsam. Ellison und Maria machten sich auf den Weg zur Bar, Ellison hatte einen Arm fest um Marias Taille gelegt. Sean und Deni nahmen Jace zwischen sich, wobei dieser leicht vornübergebeugt ging, wie er es sich angewöhnt hatte. Die Kapuze seiner Jacke hatte er sich über den Kopf gezogen, um sein Gesicht zu verbergen.

Deni bemerkte einen merkwürdigen Geruch, als sie an der Tür der Werkstatt ankam, einer, bei dem sich ihr die Nackenhaare aufstellten. Der Wolf in ihr knurrte, und sie fühlte einen Anflug von Übelkeit, was eine Vorwarnung dafür war, dass sie sich verlor. Sie klammerte sich an Jaces Arm, und er wich von Sean zu ihr zurück.

„Was ist, Süße?"

„Da ist jemand …"

„Ich weiß“, erwiderte Jace. „Ich rieche es auch.“

Es war ein beißender Gestank, einer voller uralter und über Generationen weitergegebener Erinnerungen.

„Keine Sorge“, beruhigte Sean sie und bedeutete ihnen, einzutreten. „Das ist nur mein Schwiegervater.“

KAPITEL ACHT

Jace betrat den Raum und erblickte eine seltsame Erscheinung vor sich. Ein großer Mann – so groß, dass man unwillkürlich dachte, er müsse auf einer Streckbank gewesen sein – drehte sich zu ihnen um, seine Bewegung begleitet von einem metallischen Flüstern.

Er trug eine Kettenrüstung unter einem Umhang, der so schwarz war wie eine Öffnung in die absolute Finsternis. In starkem Gegensatz dazu war das Haar des Mannes so hell, dass es beinahe weiß aussah, und es fiel ihm in Dutzenden von Zöpfen bis zur Hüfte. Trotzdem wirkte er überhaupt nicht unmännlich, und er war auch nicht alt.

Die Züge des Mannes waren scharf geschnitten, seine dunklen Augen wetteiferten mit seinem Umhang um die tiefste Schattierung von Schwarz. Er trug auf seinem Rücken ein Breitschwert, das länger war als das Schwert des Wächters, und der Griff ragte über seinen Kopf.

Deni knurrte weiter, und Jaces Kehle vibrierte ebenfalls. Vor ihnen stand ein uralter Feind, und obwohl Jace diesen Mann schon zuvor bei anderen Besuchen in der

Austin Shiftertown getroffen hatte, machte der Schock, ihn hier zu sehen, die Wildkatze in ihm verrückt.

„Ihr erinnert euch sicher an Fionn“, sagte Sean. Er betrachtete Jace misstrauisch, als würde er sich schon darauf vorbereiten, einen Angriff stoppen zu müssen. „Der leibliche Vater meiner Gefährtin.“

Wie aufs Stichwort erschien Seans Gefährtin Andrea Morrissey auf der anderen Seite der Fee, stellte sich schützend neben Fionn. Andrea hielt den Kopf hoch, und ihre grauen Augen forderten Jace und Deni förmlich heraus, es zu wagen, irgendetwas gegen ihn zu unternehmen.

Andrea war halb Fee, halb Shifter. Fionn war vor ungefähr vierzig Jahren in die menschliche Welt gekommen, so hatte man es Jace erzählt, um während irgendeines Feenkriegs Zuflucht zu suchen. Dabei hatte er eine Shifterfrau getroffen und sich Hals über Kopf in sie verliebt, eine Lupidin, die Andrea geboren hatte. Aus irgendwelchen komplizierten Feengründen hatte er nicht bleiben können, und Andrea war von ihrer Mutter und einem Shifter-Stiefvater großgezogen worden.

Für Andrea war es schwierig gewesen, als Halbfee unter Shiftern aufzuwachsen, und sie hatte ihren Vater erst vor ein paar Jahren kennengelernt. Jetzt war Andrea Gefährtin des Wächters der Austin-Shiftertown, und niemand machte ihr Schwierigkeiten wegen ihrer Abstammung. Wenigstens nicht direkt, und niemals in Seans Hörweite.

Fionn hatte bereits in vielen Fällen bewiesen, dass er aufseiten der Shifter stand, aber der Anblick einer Fee weckte weiterhin in Jace den Wunsch, sich zu wandeln, zu kämpfen und zu töten. Die Feen hatten die ersten Shifter vor vielen Jahrhunderten erschaffen, sie als Kampfsklaven gezüchtet. Die Shifter hatten sich schließlich von ihren Feenherren befreit und waren in der Menschenwelt geblieben, während die Feen sich dauerhaft in ihr Reich zurückgezogen hatten. Vor siebenhundert Jahren hatte der Krieg zwischen Feen und Shiftern geendet, doch der Mehrheit der Wandler fiel es immer noch schwer, sie auch nur anzusehen.

Jace räusperte sich. „Ich nehme an, du bist gekommen, um bei den Halsbändern zu helfen?"

Fionn kräuselte die Lippen – Feen wirkten immer höhnisch. „Nein, ich bin zum Grillen eingeladen. Hab noch nicht genug von diesen Texas Ribs." Er richtete seine verächtlich blickenden Augen auf Sean. „Mir ist völlig unklar, warum du denkst, ich könnte irgendwie helfen. Ich bin ein Krieger, kein Magier. Ich weiß nichts über die Feenmagie in diesen Halsbändern."

Andrea legte ihm eine Hand auf den Arm. Fionns Miene wurde weicher, als er sich an seine Tochter wandte – die Einzige, zu der Fionn je nett gewesen war, wenigstens soweit Jace es wusste. „Aber du hast eher eine Vorstellung davon, wie sie gemacht sein könnten", erklärte Andrea. „Es ist schließlich auch Feentechnologie, nicht nur Feenmagie."

Fionn tätschelte ihr die Hand. „Wir haben diese Diskussion schon zuvor geführt. Ich habe keine Ahnung, was die Feen mit den Shiftern getan haben. Die Shifter hatten das Feenreich auf Nimmerwiedersehen verlassen, bevor ich überhaupt geboren wurde. Ich kann nachvollziehen, inwiefern Shifter in einer Schlacht nützlich sein könnten, doch in Friedenszeiten würde ich mich nicht mit ihnen abgeben wollen. Ich würde sie einsperren müssen, um zu verhindern, dass sie mich töten, und es würde ein Vermögen kosten, sie zu ernähren."

Deni gab einen leisen Knurrlaut von sich. „Dann ist es ja gut, dass wir den Krieg gegen die Feen gewonnen haben", erklärte sie.

„Ja, sehr gut sogar“, antwortete Fionn. „Hat mir eine Menge Ärger erspart.“

Andrea bedachte Fionn mit einem Stirnrunzeln. „Tut mir leid, mein Vater genießt es, Shifter zu reizen. Er hält das für Spaß.“

„Ich bemühe mich vielleicht, irgendetwas Belustigendes an der Situation zu finden, aber ich sage trotzdem die Wahrheit“, erklärte Fionn.

Soweit Jace wusste, war Fionn in seiner Welt ein gefürchteter Krieger, führte die Armeen seines Clans von einem Sieg zum nächsten und besaß daher jede Menge Macht. Andere Feen hatten gelernt, ihm nicht in die Quere zu kommen. Jace bemerkte, dass Fionn alle Ausgänge und auch sonst alles im Raum im Blick behielt, die hohen Fenster und alles, das als Waffe genutzt werden konnte. Er war vielleicht hier, um zu helfen, doch er konnte es nicht ablegen, war der geborene Krieger, und es war ihm in Fleisch und Blut übergegangen, immer auf der Hut zu sein.

Dylan öffnete ein abgesperrtes Schrankfach und holte eine Kette in Silber und Schwarz hervor. Innerlich zuckte Jace zurück, und er spürte, wie Deni dichter zu ihm trat. Sogar Sean erschauerte. Dies war ein echtes Halsband, und Dylan brachte es zu Fionn.

„Wir suchen nach dem dritten Element“, erklärte Dylan. „Feenmagie, Computerchips und irgendwas anderes.“

Fionn nahm das Halsband vorsichtig zwischen seine Finger, hielt es sich vor die Augen und betrachtete es. Der kleine Kreis rund um den keltischen Knoten glitzerte im harten Licht der nackten Glühbirnen.

„Interessant.“ Fionn fuhr mit einer Fingerspitze über die Kettenglieder. „Silber und schwarzes Silber, was ein Feenmetall ist. Kein Eisen.“ Wenn es Eisen enthielte, würde Fionn es nicht anfassen können. Eisen machte Feen krank, konnte sie sogar umbringen, wenn sie zu lange damit in Kontakt kamen.

Fionn betrachtete das Halsband erneut von allen Seiten, zog die Brauen zusammen. „Tut mir leid, ich weiß nicht. Meine Erfahrung mit Metall beschränkt sich auf Schwerter und andere Waffen mit Klingen. Nicht auf Schmuck."

„Okay", sagte Sean und seufzte enttäuscht, als Dylan das Halsband wieder in Empfang nahm. „Dann lasst uns sehen, was wir heute Nacht erreichen können."

Er zückte das Schwert des Wächters und legte es auf den Tisch. Jace dachte, Fionn würde jetzt gehen, zurück in den Kreis aus Bäumen, durch den er ins Feenreich gelangte, aber er lehnte sich neben Andrea gegen die Wand und verschränkte die Arme, schien bereit, die Vorgänge von diesem Beobachtungsposten aus zu verfolgen.

„Das hast du schon früher getan", sagte Jace zu Sean, setzte sich auf den Hocker und versuchte, seine Nervosität zurückzudrängen. „Hast das Schwert hingelegt, bevor wir begonnen haben. Warum?"

Sean zuckte die Achseln. „Ich dachte, die Magie des Schwertes könnte dabei helfen, die in den Halsbändern zu entschlüsseln. Magische Vibrationen oder so etwas. Das Schwert hat schon ein paar interessante Sachen getan." Er blickte zu Andrea, die nickte. Gemeinsam hatten die beiden erstaunliche Heilungserfolge erzielt, wenn sie dabei das Schwert gleichzeitig berührten.

„Bereit?", fragte Sean Jace.

„Nein. Aber legt los."

Dylan hatte das Messer, das Liam benutzt hatte, sowie eine elektrische Sonde, während Sean den Lötkolben hielt. Jace ballte die Hände zu Fäusten, biss die Zähne gegen den kommenden Schmerz zusammen.

Eine besänftigende Kühle schnitt durch die sengende

Hitze in seinem Körper, ausgehend von einem Punkt an seinem Handgelenk. Er öffnete die Augen, die er, ohne es zu merken, geschlossen haben musste. Er sah Denis Hand, braun gebrannt von der Texas-Sonne, auf seinem Unterarm liegen.

Sie schaute ihn an, nickte ihm leicht zu und lächelte, und in ihrem Blick lag Wärme. In seinem Herzen regte sich wie als Reaktion darauf ebenfalls Wärme, legte sich um seine Nerven und brach durch die Angst vor dem Schmerz.

„Beeil dich, Sean“, sagte Jace, ohne den Blick von Deni zu wenden. „Es gibt noch andere Dinge, die ich heute Nacht tun will.“

„Genau.“ Sean brachte den Lötkolben näher, während Dylan die Sonde an Jaces Halsband legte.

Eine Mischung aus Vibration und Prickeln erfasste die Kette, und dann spürte Jace die Spitze des Messers. Der Lötkolben erhitzte das Silber, und das zweite Glied, das Liam bereits gelockert hatte, löste sich. Rasch hob Dylan ein drittes, dann ein viertes.

Es tat weh, aber nicht so intensiv wie beim letzten Mal. Allerdings nur bis Dylan sich am fünften Kettenglied versuchte. Das Halsband löste einen gewaltigen Stromschlag aus, der Dylan zurückschleuderte und heißen Schmerz in Jaces Körper sandte. Auch Deni zuckte zusammen, hatte offensichtlich ebenfalls etwas abbekommen. Dennoch ließ sie Jace nicht los.

Jace versuchte die Zähne zusammenzubeißen, leise zu bleiben, doch sein Körper hatte die Kontrolle übernommen. Dunkelheit drohte seinen Verstand zu überwältigen, und durch sie hindurch sah er das Band als einen weißen Ring um seinen Hals, jede Nervenbahn in Feuer getaucht.

Sein Schrei wurde zu Gebrüll. Das Halsband wollte ihn nicht loslassen, es umklammerte Jaces Kehle fester, und das

Glied, das Dylan als Letztes gelockert hatte, sank wieder zurück in seine Haut.

Jace fiel vom Hocker auf den Boden, landete auf den Knien, und seine Welt bestand nur noch aus unerträglichem Schmerz. Jeder Nerv zuckte, eisige Kälte durchströmte ihn, gefolgt von solch sengender Hitze, dass er meinte, von innen zu verbrennen. Er begann sich zu wandeln, aber jedes Stückchen Fell, das aus seiner Haut kam, verdoppelte seine Qualen.

„Jace." Denis Stimme drang durch den Nebel. Ihre Berührung war wie kühles Wasser auf seiner glühenden Haut. „Bleib da."

Jace hörte auch andere Stimmen, doch sie waren zu schwach und weit entfernt, um sich damit zu befassen.

„Verdammt."

„Andrea, kannst du ihm helfen?"

„Hast du ihn umgebracht?", kam Fionns verächtliche Frage gefolgt von: „Gut gemacht, Shifter."

Die einzig wichtigen Worte sprach Deni: „Ich bin hier, Jace. Bleib da."

Jace klammerte sich an ihre Stimme, brauchte ihren warmen Klang. Sein Verstand konnte die Silben ihres Namens nicht zusammenfügen, aber darauf kam es auch gar nicht an. Er kannte ihre Berührung, ihre Wärme, während sie ihre Arme um ihn legte, neben ihm kniete. Er kannte ihren Geruch, die leise Süße ihrer Stimme, das weiche Grau ihrer Augen, das heller wurde, wenn er sie liebte.

Jace holte tief Luft, nahm alles Gute an ihr in sich auf. Der Schmerz ließ ein winziges bisschen nach. Darunter strahlte die Enge in Jaces Brustkorb eine andere Art von Prickeln aus – es tat noch weh, allerdings ohne die brutale Heftigkeit des Halsbandes.

Er hielt den Atem an, fragte sich, ob der zweite Druck

das war, was er glaubte. Durch die Qualen hindurch verspürte er erstaunliches Glück und gleichzeitig Kummer. *Nicht jetzt. Nicht hier. Falsche Zeit. Falscher Ort.*

„Jace.“ Sein Name drang zu ihm durch.

Deni. Sie war Deni, anmutig und wunderschön. Ausgerechnet eine Lupidin. Ihre Kinder würden nicht wissen, ob sie bellen oder miauen sollten.

„Hilf mir“, krächzte er.

Denis Wärme bedeckte ihn, ihr Busen weich auf seinem Brustkorb. „Halt dich an mir fest.“

Sie zog seine beiden Hände zwischen ihre, legte ihren Kopf an seine Schulter. Das Halsband sandte weiter Funken aus, auch in sie. Sie nahm Teile seines Schmerzes auf, zuckte leicht, wenn die Funken tiefer drangen.

Eine weitere Frauenhand berührte Jace, diese brachte allerdings eine neue Art von Schmerz. Seine Nervenenden ballten sich zu einem Knäuel aus Feuer zusammen. Jace schrie, doch dann wurde es ganz langsam besser.

Er holte tief Luft und schlug die Augen auf.

Er fand sich flach auf dem Rücken in der Mitte eines Kreises aus Gesichtern – Andrea, Sean, Dylan, Fionn, Deni. Andrea hatte eine Hand auf der Klinge des Schwerts des Wächters, das leise summte. Fionns lange dünne Zöpfe streiften Jaces Beine. In Fionns Sorge mischte sich Neugier und Faszination.

Deni hob den Kopf und berührte Jaces Gesicht, und ihr dünnes Armband klirrte leise. Sie atmete erleichtert auf.

„Tut mir leid, Jace“, sagte Sean voller Mitgefühl. „Alles okay mit dir?“

Jace öffnete den Mund, um zu antworten, dass er es überleben würde, aber nichts kam heraus. Er ließ seinen Kopf erschöpft nach hinten sinken.

„Lasst ihn in Ruhe“, verlangte Deni scharf. „Sean, gib

mir die Decke. Ihr habt ihn alle für heute Nacht genug gequält."

Es war süß von ihr, sich so um ihn zu kümmern. Jace rührte sich nicht – vor allem, weil es nicht konnte – und genoss es, als Deni ihn in eine dicke Decke hüllte und seinen Kopf vorsichtig anhob, um ein Kissen drunterzuschieben.

Sie wollte aufstehen, doch Jace fasste sie an der Hand. *Nein. Bleib.*

Deni fing seinen Blick auf, ihre Augen voller Schmerz und Sorge. Sie nickte ihm zu und sank neben ihn, zog die Beine an.

„Wir müssen das Verbindungsstück finden", erklärte Dylan. „Es ist völlig witzlos, ihn halb umzubringen, indem wir versuchen, heute Nacht noch mehr Glieder zu lösen."

„Ganz genau", pflichtete ihm Sean erleichtert bei.

„Und wenn ihr es einfach auf einmal abreißt, verliert er den Verstand und wird zum Paria?", erkundigte sich Fionn interessiert. Sein melodischer Akzent klang anders als jede andere Sprache, die Jace je gehört hatte, und brachte ihn dazu, leise zu knurren.

„Ja, leider", antwortete Sean. „Das habe ich schon mit eigenen Augen gesehen. Wenn es unmöglich ist, zu dem Shifter durchzudringen, kann er nicht zurück. Das Beste, was man dann noch für ihn tun kann, ist, den Armen umzubringen."

Jace knurrte wieder. Deni hielt ihn fester und küsste ihn auf die Unterlippe. „Das werde ich nicht zulassen", beruhigte sie ihn.

Jace verhielt sich still. Er war sich nicht sicher, ob er, falls er sich bewegte, nicht am Ende jeden im Raum angreifen würde, mit Ausnahme von Deni. Womöglich würde er sich sogar auf Andrea stürzen, aber erst nachdem er die Fee zu Boden gestoßen hatte, die hier alles mit ihrem Gestank verpestete.

„Jace braucht Ruhe“, verkündete Deni. „Lasst ihn in Ruhe.“

„Ich weiß“, erwiderte Sean und legte Jace eine Hand auf die Schulter, zog sie jedoch rasch wieder weg, als das leise Knurren von Jace einen bedrohlicheren Klang annahm. „Du lässt dir so lange Zeit, wie nötig ist, okay? Wir machen nicht weiter, bevor du nicht dazu bereit bist.“

„Nein, ihr werdet ein anderes Opfer finden“, schaltete sich Deni ein. Sie richtete sich auf, hielt sich zwischen Jace und den anderen.

„Kein Opfer“, verbesserte Sean sie. „Ein Freiwilliger.“

„Ich weiß, was ich gesagt habe.“ Deni starrte sie der Reihe nach an, die Aufsässigkeit der Lupiden in jedem Zug ihrer Miene, ohne sich darum zu kümmern, dass sie sich gegen mächtige Felide stellte. Wie süß von ihr. „Lasst ihn in Ruhe und löst euer Problem mit irgendjemand anderem. Wie mir beispielsweise. Ich bin ohnehin schon halb verrückt, daher wird mir am Ende der Unterschied gar nicht auffallen.“

„Nein!“ Jace richtete sich auf und legte beschützend die Arme um sie. „Nein.“ Er musste sich sehr darauf konzentrieren, um die Worte herauszubringen. „Das werde ich nicht zulassen. Zu viel Schmerz.“

Deni warf ihm einen verwunderten Blick zu, der gleich darauf stur wurde. „Also, *ich* werde nicht zulassen, dass sie *dir* noch mehr Schmerzen zufügen.“ Sie richtete ihre Wut wieder auf Sean und Dylan. „Er ist nicht verzichtbar.“

Sowohl Sean als auch Dylan wichen einen Schritt zurück, als spürten sie, dass sich etwas in Deni geändert hatte, ebenso wie bei Jace. Andrea richtete sich auf und ging zur Spüle, drehte das Wasser auf. Das Schwert des

Wächters hatte sie in die Hand geschnitten. Tapfer von ihr, nichts zu sagen.

„Interessant, wie die Frau den Mann verteidigt“, bemerkte Fionn. „Feenfrauen können sich im Handumdrehen gegen ihre Männer wenden und sich ihren Feinden anschließen, wenn es ihnen günstig erscheint. Shifterfrauen, fällt mir auf, bleiben bei ihren Gefährten, selbst wenn der geschlagen ist. Sie würden für ihn sterben.“

„Ist es nicht das, was dich zu meiner Mutter hingezogen hat?“, wollte Andrea von der Spüle aus wissen.

Fionn erstarrte einen Moment lang, und als er wieder sprach, war die Arroganz aus seiner Stimme völlig verschwunden, ersetzt durch Trauer. „Ja. Eine der vielen Sachen.“

„Jace und Deni sind keine Gefährten“, erklärte Sean. Er steckte das Schwert des Wächters zurück in die Scheide und ging zu Andrea, als könnte er sich nicht von ihr fernhalten.

Fionns Arroganz kehrte zurück. „Und ich bin beständig verwundert, wie begriffsstutzig Shifter in Bezug auf ihre eigene Art sind.“

„Es reicht, Vater“, schaltete sich Andrea ein.

Jace zog Deni zurück zu sich. Die Halsbänder interessierten ihn nicht länger, ebenso wenig wie die Shifter von ihnen zu befreien oder Liam zu helfen. Er wollte Deni – wollte sich tief in ihr vergraben und für immer dort bleiben. Ob sie genauso für ihn empfand, wusste er nicht, aber das würde er herausfinden. Wenn sie nicht an ihm interessiert war, wenn er schlicht ein Weg für sie gewesen war, Dampf abzulassen, würde er sie gehen lassen.

Bei dem Gedanken daran, das zu tun, drängte sich das Wilde in ihm wieder in den Vordergrund. Er küsste sie auf die Schulter, atmete ihren Duft ein, bis es ihn beruhigte.

Dies war die falsche Zeit und der falsche Ort für einen Gefährtenantrag. Er wollte, dass er etwas Besonderes wäre, richtig, und in Anwesenheit seiner Familie und auch ihrer. Sie stammten aus zwei verschiedenen Shiftertowns, was ein Problem werden würde, doch dafür würden sie eine Lösung finden.

Nachdem sie diese dumme Sache mit den Halsbändern geknackt hatten, würde sich Jace eine offizielle Erlaubnis holen, Deni zu besuchen, und sie zu seiner Gefährtin machen. Natürlich konnte Deni ihn ablehnen, die Wahl lag ganz bei ihr, aber Jace würde sich Zeit lassen, sie zu überzeugen.

Er beschäftigte sich damit, sich ein paar angenehme Arten und Weisen einfallen zu lassen, wie das aussehen könnte, als die Tür zur Werkstatt aufgestoßen wurde und Connor Morrissey hereingeplatzt kam, atemlos und aufgeregt.

„Sie sind wieder zurück“, erklärte Connor. „Die Cops. Liam sagt, die Werkstatt soll verrammelt werden, und ihr sollt auf jeden Fall Jace gut verstecken.“

KAPITEL NEUN

Eine weitere Sache, die Shifter tun konnten, falls Fionn daran interessiert war, bestand darin, sich wenn nötig, unglaublich schnell zu bewegen. Dylan und Sean räumten die Werkzeuge in Geheimverstecke und gingen dabei so rasch und geschickt vor, dass klar war, sie besaßen viel Übung darin. Schnell stellten sie halb fertige Holzarbeiten auf die Arbeitstische, verteilten Gerätschaften und benutztes Sandpapier, als hätte ein Schreiner es geistesabwesend fallen lassen.

Sean und Andrea verschwanden, ohne sich groß zu verabschieden, begaben sich an einen Ort, an dem sie lieber angetroffen werden wollten. Deni half Jace vom Boden auf, und ihre Berührung war das Einzige, das ihn davon abhielt, zur Tür hinauszustürmen und sich den Polizisten entgegenzustellen, um sie von ihr fernzuhalten.

„Wo sind sie, Connor?", fragte Deni. „Ich muss Jace zurück in mein Haus schaffen."

Connor schüttelte den Kopf. „Keine Zeit. Zu viele Bullen zwischen hier und dort."

„Ich kann den Shifter verstecken“, erklärte Fionn. Er war der Ruhigste von allen, als ob er die ganze Situation als weiteren interessanten Informationsschnipsel über Menschen und Shifter betrachtete. „Ich möchte auch nicht unbedingt von Menschen gefunden werden.“

„Wo denn?“, wollte Jace wissen, über dessen Nerven immer noch Feuer züngelte. „Ich vertraue keiner Fee.“

„Das ist sehr klug von dir“, bemerkte Fionn. „Feen sind verräterische Bastarde, jeder Einzelne von uns. Und ich sollte es wissen. Komm mit mir, oder lande in einem Käfig, damit die Menschen dich untersuchen können. Es ist ganz deine Entscheidung.“

„Geh.“ Deni küsste ihn auf die Wange. „Dylan wird auf mich aufpassen.“

Dylan, der mächtige Alpha-Felid, der Deni so gerne umarmte. Jace wäre es lieber, Deni mitzunehmen, wohin auch immer die Fee ihn bringen wollte. Aber Deni in die Gewalt einer Fee zu geben war auch nichts, was er wollte. Jace schlang die Arme um sich, seine Instinkte tobten in ihm, rangen mit seinem gesunden Menschenverstand. Es war die Hölle, Paria zu werden.

„Jetzt“, drängte Fionn. Er berührte Jace nicht, als wüsste er, dieser würde ihn angreifen, falls er das tat, doch seine Stimme rüttelte Jace auf. Er konnte sich gut vorstellen, dass dieser Mann General war.

Jace nahm Deni um die Taille. Ihre grauen Augen waren groß, voller Angst, aber hinter der Angst sah Jace ihre Gefühle für ihn, genauso heftig wie seine. Er küsste sie, genoss den Geschmack ihrer warmen Lippen, dann legte er eine Hand auf ihre Wange, bevor er in seine Fleecejacke schlüpfte und Fionn in die Nacht folgte.

„Und Sie sind?“, fragte die Polizistin Deni. Die Frau trug eine schusssichere Weste und einen Sturmhelm, außerdem hatte sie zwei Pistolen, während ihr männliches Gegenstück eine Pistole und ein Betäubungsgewehr hatte. Sie waren gekommen, bereit, gegen die Shifter in die Schlacht zu ziehen, falls es nötig wäre. Doch sie hatten die meisten Shifter friedlich beim Grillen angetroffen, so wie Sean es jetzt hinter Liams Haus auch tat.

„Deni Rowe.“ Deni reichte der Polizistin ihren Ausweis, den jeder Shifter jährlich verlängern lassen musste. „Genauso wie beim letzten Mal“, konnte sie sich nicht verkneifen, hinzuzufügen. Die beiden Beamten hatten zu denen gehört, die zu Denis und Ellisons Haus gekommen waren.

„Hm.“ Die Polizistin betrachtete Denis Ausweis von allen Seiten, leuchtete mit Schwarzlicht darauf und tat so, als wäre sie nicht nervös. Dylan stand hinter Deni, wollte nicht, dass sie sich alleine den Polizisten stellte. Dylan blieb still und unternahm auch keinen Versuch, sich einzumischen, trotzdem konnte er die meisten Menschen verunsichern – genau wie die meisten Shifter –, einfach durch seine Anwesenheit. Beide Polizisten schwitzten unter seiner Musterung.

„Scheint mir okay.“ Die Polizistin reichte ihr den Ausweis zurück. „Nettes Armband“, sagte sie und blickte auf das Goldkettchen um Denis Handgelenk.

„Das hat meiner Mutter gehört“, erklärte Deni. Sie steckte den Ausweis wieder in die Gesäßtasche ihrer Shorts.

„Sieht teuer aus.“ Shiftern war es nicht erlaubt, teuren Schmuck zu tragen, und sie sollten es sich auch nicht leisten können, welchen zu kaufen.

„Es wird seit Generationen innerhalb meiner Familie weitervererbt“, antwortete Deni. „Ich besitze Fotos von meiner Mutter und meiner Großmutter, wie sie es anhaben, falls Sie sich die anschauen möchten."

„Hm." Ein weiterer skeptischer Laut. „Wo ist der andere Typ? Der, mit dem ich Sie zuvor gesehen hab?"

Deni betete, dass diese beiden nicht gut darin waren, Körpersprache zu deuten, während sie wie beiläufig erwiderte: „Ellison? Das ist mein Bruder. Er ist mit seiner Gefährtin in der Bar."

„Ich meine den anderen. Der betrunkene, mit dem Sie bei der ... Zeremonie waren."

Verdammt. „Ich weiß nicht", antwortete Deni. Sie wich einen Schritt zurück zu Dylan, begab sich in den Radius seiner Körperwärme. „Ich bin heute mit Dylan zusammen."

Deni lächelte die Polizistin an, als wollte sie sie dazu bringen, sie zu verstehen. Wenn Menschen gerne glauben wollten, Shifterfrauen würden ihre Sexpartner wechseln wie andere die Unterwäsche, dann würde Deni das zu ihrem Vorteil nutzen. Auf der Miene der Polizistin spiegelte sich Abscheu, doch Deni war völlig egal, was diese Frau von ihr hielt, solange Jace in Sicherheit war.

Beide Polizisten betrachteten Dylan und Deni von Kopf bis Fuß, wechselten dann einen wissenden Blick. Sie hatten Dylan mit Glory im Kampfclub zusammen gesehen. Sie mussten glauben, dass die Shiftertown eine einzige Sexorgie war.

Dylan legte einen Arm um Deni, forderte die Beamten stumm heraus, einen Kommentar abzugeben. Grinsend wandten die beiden sich anderen Shiftern zu, die über die dunkle Straße gingen.

„Tut mir leid", sagte Deni leise zu Dylan.

Der drückte ihre Schulter. „Du bist wirklich geistesgegenwärtig. Nicht auf den Kopf gefallen. Und dir muss nichts leidtun." Noch einmal drückte er sie beruhigend, dann ließ er sie los. „Aber das erwähnen wir vielleicht Glory gegenüber besser nicht."

Deni lächelte. „Keine Sorge."

„Sie würde es zwar letzten Endes verstehen, doch bis zu diesem letzten Endes wäre es höllisch unangenehm." Dylan schenkte ihr eines seiner seltenen Lächeln. „Lass uns was zu essen organisieren."

Sie mussten die Show aufrechterhalten. Deni hoffte nur, Jace wäre in Sicherheit und dass der halb irre Wolf in ihr sie nicht dazu bringen würde, Dylan stehen zu lassen und durch die Shiftertown zu rennen, bis sie Jace wiederfinden und beschützen konnte.

„DAS HIER IST ALSO DAS FEENREICH?" JACE RÜMPFTE DIE Nase angesichts des penetranten Geruchs. „Gefällt mir nicht."

„Wie meine Tochter sagen würde: Find dich damit ab."

Shifter hatten vor siebenhundert Jahren das Feenreich für immer verlassen, nicht dass sie sich dort je wirklich zu Hause gefühlt hätten. Auch wenn sie hier erschaffen worden waren, verspürten Shifter eine heftige Abneigung dagegen.

Jace war Fionn zu einem kleinen Wäldchen am Ende der Gemeinfläche auf der Rückseite der Shifter-Gärten gefolgt. Im Schein der wenigen Straßenlaternen hatte er Polizeibeamten von Haus zu Haus gehen und Streifenwagen langsam durch die Straßen fahren sehen.

Es herrschte tiefste Dunkelheit zwischen den Bäumen, und in der Mitte waberte feiner Nebel, der für Jace bitter und scharf roch. Ein leises Prickeln hatte in Jaces Gehirn begonnen, das ihn zum Fauchen brachte und seine Hände wandelte, bevor Fionn ihn einfach gepackt und in die Mitte des Nebels gestoßen hatte.

Jace hatte geblinzelt, das Prickeln war verschwunden, und er hatte zwischen anderen Bäumen gestanden, die alt und hoch und feucht waren. Unter den Sohlen seiner Stiefel quietschte der Schlamm, der Boden war mit graugrünem Unkraut überwuchert und voller welker Blätter.

Die dicht beieinander wachsenden Bäume erstreckten sich, so weit Jace sehen konnte, das Land war nass, der Boden morastig.

„Langweilig", erklärte Jace. „Kein Wunder, dass meine Vorfahren sich dafür entschieden haben, in der Menschenwelt zu leben."

Fionn machte ein ungeduldiges Geräusch. „Das hier ist nur eine kleine Ecke in einem Wald im Feenreich. Ich lebe viele Meilen von hier entfernt in einem Tal, das alles in eurer Welt in den Schatten stellt. Berge, die sich bis zum Himmel erstrecken, mit schneebedeckten Gipfeln, die die untergehende Sonne in leuchtenden Farben aufflammen lässt, Wiesen mit Gras, so grün, dass man weinen möchte, und voller Wildblumen, die in allen Farben blühen. Meine Gärten sind so angelegt, dass sie in die Wiese münden, also ist es, als würde ich das Paradies betreten, wann immer ich durch meine Tür hinausgehe. Mein Schloss hat Marmorböden und Wände, die mit Feengold geädert sind, was kein Menschenauge bislang gesehen hat – und auch nie sehen wird. Feengold ist sogar im Feenreich selten. Die Menschen würden einander dafür umbringen, und die Feen ebenfalls."

„Wände mit Goldadern", wiederholte Jace. „Hauptsache dezent."

Fionn setzte sich zu den Bäumen in Bewegung, beachtete ihn nicht weiter. „Wenn ich in diese Gegend komme, lebe ich jedoch sehr einfach, in einem Zelt. Hier entlang."

„Moment mal." Jace musste laufen, um ihn einzuholen. Der Feenmann war flink. „Woher weißt du, wo das Tor, oder was immer es war, ist? All diese Bäume hier sehen gleich aus, und sie riechen auch – für mich wenigstens – gleich."

Fionn blickte nicht zurück. „Dann solltest du besser bei mir bleiben, nicht wahr?"

Großartig. „Woher kann ich sicher sein, dass du mich nicht zu irgendwelchen Feenkriegern mit riesigen Schwertern führst, die liebend gern einen Schneeleopard-Shifter als Wanddekoration über ihren Kamin hängen möchten?"

„Kannst du nicht", erwiderte Fionn. „Du wirst mir vertrauen müssen."

„Danke. Ich fühle mich gleich so viel besser."

Da bemerkte Jace, dass es ihm tatsächlich besser ging. Die wilde Rastlosigkeit war verschwunden, und der Schmerz von seinem Halsband ließ nach. Wenn er seine Hand an seinen Hals legte, spürte er noch eine gewisse Wundheit, aber die Überzeugung, dass er jeden Moment tot umfallen würde, war fort.

Fionn führte ihn um drei riesige Bäume herum, deren Äste eine gemeinsame Krone bildeten, und blieb vor einem Pavillon stehen. *Zelt*, hatte Fionn es genannt. *Ballsaalgroßer Wohnraum* wäre eine treffendere Beschreibung.

Jace folgte Fionn hinein, auch wenn ihn seine Shifterinstinkte davon abhalten wollten. Innen war der Pavillon so prächtig wie von außen. Mit Wandteppichen, die von massiven Stützen hingen, waren einzelne Bereiche als Räume abgetrennt, und den Boden bedeckten Läufer, die aussahen, als wären sie aus Seide gewebt. Niedrige Diwane, Sitzkissen und Tische standen überall verstreut, und in einem großen Feuerbecken flackerten Flammen, die die Feuchtigkeit vertrieben.

„Das hier nennst du einfaches Leben?“, fragte Jace und drehte sich einmal im Kreis. Überall sah er Licht, Farbe und schimmernde Stoffe.

„Ihr habt zu lange in dem gelebt, was die Menschen nicht mehr wollen und euch überlassen haben. Dies ist es, was ihr im Feenreich hättet haben können, dieses hier und noch viel Besseres.“

„Als Shiftersklave sicher nicht“, wandte Jace ein.

„Vermutlich nicht. Allerdings halte ich keine Sklaven. Jeglichen Shiftern, die in meinem Reich leben würden, stünde es frei, zu kommen und zu gehen, wie es ihnen beliebt.“

Eine Fee mit Gerechtigkeitssinn? „Gut zu wissen“, erwiderte Jace.

„Ich kann natürlich nicht für andere Feen sprechen“, wandte Fionn ein. „Also wenn du mein Territorium verlässt, dann würdest du vermutlich als Sklave oder Wanddeko enden.“

„Eine wirklich tröstliche Aussicht.“

„Wein?“ Fionn goss sich eine goldfarbene, leise prickelnde Flüssigkeit in einen Becher. „Das ist das Beste, was ich hier draußen kriegen kann. Das wirklich gute Zeug lässt sich nicht problemlos transportieren.“

Trink niemals etwas, was eine Fee dir anbietet. Die alten Geschichten über Feen, die die Shifter Generation für Generation weitergaben, schossen Jace durch den Kopf. Sein Dad hatte ihm welche erzählt, und Tante Cass auch. Jace schwieg, konnte sich jedoch nicht davon abhalten, einen Schritt zurückzuweichen.

Fionn lachte. „Du bist abergläubisch. Aber vermutlich ist das klug. Ich kenne Feen, die versuchen, jeden, dem sie begegnen, unter Drogen zu setzen, zu vergiften oder mit einem Zauber zu belegen. Du kannst von Glück reden, dass ich daran nicht interessiert bin. Wenn ich jemanden unter meinem Bann haben möchte, dann erobere ich sein Territorium und lasse ihn wählen, ob er mir folgen will oder dem Schwert überantwortet werden möchte."

„Wie nett", stellte Jace trocken fest. Fionn hielt ihm den Becher hin, doch Jace schüttelte den Kopf. Selbst wenn Fionn sich als vertrauenswürdig erwies, Jace konnte sich nicht sicher sein, was Feenwein mit seinem Körper anstellen würde, vor allem, da er noch unter den Nachwirkungen des Experimentes litt. Fionn zuckte die Achseln, hob den Wein an die Lippen und leerte den Becher.

Jace schaute sich in dem üppig eingerichteten Quartier um, merkte wieder, wie viel besser er sich fühlte. Er hatte Angst, dieser Entwicklung auf den Grund zu gehen. Wenn der einzige Weg, Shifter, denen die Halsbänder abgenommen worden waren, davon abzuhalten, in den Pariazustand zu verfallen, darin bestünde, sie ins Feenreich zu bringen, dann würde er lieber das Risiko mit dem Paria auf sich nehmen.

„Also sag mir", begann Jace, während Fionn sich Wein nachschenkte. „Wenn das hier mehr oder weniger das letzte Loch im Feenreich ist, wieso kommst du dann her?"

Fionn senkte seinen Becher. Als er sprach, war seine Stimme leise. „Um in der Nähe meiner Tochter zu sein."

„Oh."

Fionn hob die Brauen und trank einen langen Zug. „Ja, so weichherzig bin ich. Aber ich musste auf Andrea mehr als vierzig Jahre verzichten. Ich möchte so viel Zeit mit ihr verbringen wie nur irgend möglich. Und mit meinem Enkel."

„Das verstehe ich."

Der Krieger mit den harten Zügen wirkte mit einem Mal wesentlich älter und verletzlicher. „Das ist der Grund, warum ich diesen Teil des Feenreichs erobert habe. Damit ich sie sehen kann, ohne dass jemand davon erfährt. Ich bin jetzt allein, doch Andrea gibt meinem Leben Sinn."

„Was für ein Softie", bemerkte Jace grinsend.

„Bin ich. Das gebe ich ohne Scham zu. Mach's dir bequem, Shifter. Es kann eine Weile dauern. Dylan wird eine Nachricht senden, wenn es sicher ist, zurückzukehren."

~

DENI WOLLTE NICHT ESSEN, ABER ES GELANG IHR, EINEN Burger runterzuwürgen, den Sean ihr rasch zubereitet hatte, mit gedünsteten Pilzen und Havarti-Käse, den sie eigentlich liebte. Es schmeckte wirklich köstlich, doch heute Abend hatte sie einfach keinen Appetit.

Die Polizei durchstreifte noch immer die Shiftertown. Sie hatten die Shifter in Liams Garten erneut befragt – und auch Deni wieder –, und jetzt patrouillierten sie zwischen den Häuserblöcken.

Deni merkte, dass sie die Jungen, die sich bei Liam versammelt hatten, in Ruhe ließen. Eine große Anzahl des Shifternachwuchses hatte den Weg hierher gefunden, von ihren Eltern zu ihrer Sicherheit hergeschickt, und jetzt saßen sie auf der Veranda und den Stufen und verschlangen Seans Burger. Spikes Sohn Jordan, Olaf, der kleine Eisbär, das ältere Bärenmädchen namens Cherie, Liams und Kims kleines Mädchen, das auf dem Schoß ihrer Mutter saß, und andere aus der Shiftertown. Andrea trug ihren Sohn auf dem Arm und half Kim, auf die Kleinen aufzupassen, aber eigentlich waren die Jungen wegen Tiger hergeschickt worden.

Die Polizei hatte nicht viel mit Tiger gesprochen, sie hatten ihn und seine Gefährtin Carly im Großen und

Ganzen in Ruhe gelassen. Und sie hatten sich auch gänzlich von den Shifterjungen ferngehalten, weil Tiger sich zwischen sie und die Beamten gestellt hatte. Ein Blick auf ihn hatte gereicht, und es war fast so, als hätten die Polizisten die stillschweigende Übereinkunft getroffen, die Jungen nicht mal anzuschauen.

Die Cops hatten vielleicht Ausweise, Schutzwesten, Waffen und Autorität, überlegte Deni, aber in dieser Ecke von Shiftertown besaß Tiger die Macht. Und die Polizei schien das zu wissen, so wie kleine Tiere wussten, dass sie Beute für die Katze waren, die vorbeischlenderte, selbst wenn sie nicht angriff. Sie würden sich wohler fühlen, wenn die Katze erst mal weg war, dann könnten sie sich wieder in ihre Löcher verkriechen, wo sie sicher waren.

Selbst nachdem die Polizei schließlich aus dem Garten verschwunden war, blieb Tiger wachsam. Der riesige Mann mit dem schwarz und orangefarben gestreiften Haar beunruhigte sogar die Shifter. Die einzige Erwachsene, die sich wirklich wohl in seiner Nähe fühlte, war Carly, ein echtes Texas-Girl mit honigbraunem Haar, die ihre Hände um Tigers starke Arme legte und zu ihm emporlächelte. Man begann ihr gerade erst ihre Schwangerschaft anzusehen, und der Blick, mit dem Tiger sie anschaute, wärmte Deni das Herz. Die beiden hatten die Liebe gefunden. Sie wusste, was Tiger und Carly durchgemacht hatten, und das ließ einen Funken Hoffnung in ihr aufkeimen, dass auch sie das Glück finden würde – selbst wenn es mit dem Felid war, der sich genau jetzt im Feenreich versteckte und sich gar nicht in ihrer Shiftertown aufhalten durfte.

„Er wird gehen müssen“, bemerkte Dylan zu Sean, einen halben Meter entfernt von Deni.

Deni drehte sich zu ihnen um, gab sich keine Mühe, so zu tun, als würde sie sie nicht belauschen. Wenn sie nicht gewollt hätten, dass sie zuhörte, dann hätte Dylan nichts gesagt, solange sie in der Nähe war.

Sean wendete die Burger mit einer Zange und nickte. „Wir müssen es ein andermal weiter probieren."

Sie würden Jace heimschicken, obwohl er noch halb verrückt war von dem teilweise entfernten Halsband, und wer weiß wie lange warten. Sie öffnete den Mund, um zu widersprechen, aber Dylan schüttelte den Kopf.

„Du weißt, dass ich recht habe, Deni", erklärte Dylan. „Wir dürfen nicht riskieren, dass die Polizei einen Zensus in den Shiftertowns anstößt. Ich bringe ihn nach Hause, sobald ich das irgendwie einrichten kann."

Deni nickte. Es stimmte schon, Jace würde in seiner eigenen Shiftertown viel sicherer sein, wo er seinen Vater und seine Familie hatte, die sich um ihn kümmerten. Aber Denis Herz fühlte sich an wie ein Stein in ihrer Brust, und das Essen schmeckte wie Staub.

Sie stellte den Teller ab, nickte Sean und Dylan zu und ging wie in einem Nebel zur Veranda und den Jungen. Sie wünschte sich, Ellison und ihre Söhne wären hier – sie musste sich in ihrer Familie verlieren, um den plötzlichen Schmerz zu lindern.

Andrea schien ihr Bedürfnis zu erkennen. Sie reichte ihren kleinen Sohn an Kim weiter und ging zu Deni, zog sie in ihre Arme.

„Ich weiß", sagte sie. „Ich hab es in deinen Augen gelesen, als du ihn heute Abend angeschaut hast. Mach dir keine Sorgen. Ich werde es Liam erzählen, und wir werden dafür sorgen, dass du ihn wiedersiehst."

Andrea war lieb, das war sie wirklich. Andrea selbst hatte eine Sondererlaubnis erhalten, um aus der Shiftertown in Colorado nach Austin zu ziehen, was bedeutete, dass es möglich war, doch es war wirklich nicht leicht gewesen und sie hatte viele Auflagen erfüllen müssen. Deni wusste, sie konnte Jace wiedersehen, aber es würde schwer werden, und sowohl Liam als auch Jaces Vater würden davon überzeugt werden müssen, dass es für Jace oder Deni notwendig war, dauerhaft den Wohnsitz zu wechseln.

Andrea ließ Deni wieder los, schenkte ihr ein beruhigendes Lächeln und kehrte auf die Veranda zurück, um ihren Sohn von Kims Schoß zu pflücken. Das Glück in ihren Augen, als sie den kleinen Jungen anschaute, drückte Deni das Herz ab.

„Lass ihn nicht gehen."

Deni zuckte zusammen und wirbelte herum, und ihre Wolfsinstinkte sandten sie in Abwehrhaltung. Tiger war neben sie getreten, auf die lautlose Art und Weise, die ihm eigen war, und jetzt stand er direkt neben ihr, allein, und seine massige Gestalt füllte den Platz, wo eben noch Andrea gewesen war.

„Tiger." Deni richtete sich auf und ballte die Hände zu Fäusten. „Tu das nicht."

„Du solltest Jace nicht nach Hause gehen lassen", sagte Tiger. „Behalt ihn bei dir."

„Das funktioniert doch nicht", erwiderte Deni. „Er gehört nicht hierher, und wenn sie ihn fassen …"

Tiger schüttelte den Kopf. Er streckte seine Hand aus, ganz vorsichtig, und berührte die Luft vor Denis Brust, als ob er dort etwas sehen könnte. Deni spürte die Wärme in sich, das prickelnde Verlangen, dessen Vorhandensein sie bislang ignoriert hatte. „Ihr habt es, oder?", stellte Tiger fest. „Dann haltet daran fest und lasst euch nicht trennen."

Deni schluckte. Wenn sie jetzt zugab, dass der Gefährtenbund entstanden war, würde sie zu Boden sinken und als Häuflein Elend zu schluchzen anfangen. „Ich …"

„Tiger, Süßer", sagte Carly, die zu ihnen trat und die

Finger auf seinen Arm legte, „du schüchterst sie ein. Und dabei hat sie schon so viel durchgemacht."

Tiger schaute Deni nur mit seinen intensiv gelben Augen an, als wollte er sie allein kraft seines Blickes dazu bringen, es zu verstehen und ihm zu gehorchen. Er ließ sich von Carly wegführen, aber über seine Schulter sah er zu Deni zurück und drang bis zu dem Teil von ihr vor, der am meisten Angst hatte.

KAPITEL ZEHN

Als Jace aus dem Feenreich in das kleine Wäldchen in der Shiftertown trat, dämmerte der Morgen. Die Siedlung lag still da, die nachtaktiven Shifter waren zurück und hatten sich bereits schlafen gelegt, und die Wandlerspezies, die dem menschlichen Tagesablauf folgten, waren noch nicht aufgestanden.

Dylan wartete auf ihn. Sein Gesicht war mit Bartstoppeln bedeckt, und die Falten um seine Augen hatten sich vertieft. Er hatte die ganze Nacht nicht geschlafen.

Die Zeit im Feenreich folgte anderen Gesetzen, hatte Fionn Jace erzählt, verging manchmal langsamer, manchmal schneller. Jace hatte doppelt so viele Stunden dort verbracht, als hier inzwischen vergangen waren. Eine beunruhigende Vorstellung. Was, wenn er sich eines Tages ins Feenreich aufmachte, dort eine Woche blieb und dann wieder zurückkam und feststellen musste, dass alle hier längst gestorben waren? Oder er alterte im Feenreich, während es für Deni nur ein Tag gewesen war. Das war zu merkwürdig, um es in Erwägung zu ziehen. Die Lösung bestand darin, sich aus dem Feenreich fernzuhalten, womit Jace prima leben konnte.

Er fühlte sich immer noch besser, obwohl die gelösten Glieder des Halsbandes an seiner Haut scheuerten. Er würde herausfinden müssen, warum es so aussah, als hätte er das Verlangen, zum Paria zu werden, überwunden, und ob das, was er dabei erfahren würde, helfen würde, die Halsbänder von allen loszuwerden.

Die Polizei hatte fürs Erste aufgegeben, die Shifter weiter zu schikanieren, erklärte Dylan, aber man konnte nicht sicher sein, wann sie zurückkommen würden. Am besten wäre es, wenn Jace heimkehrte, in seine eigene Shiftertown. Dagegen hatte Jace keine Argumente, auch wenn es bedeutete, dass er Deni verlassen müsste, und dieser Gedanke drohte, die Pariawut zurückzubringen.

Fionn hatte Jace nicht begleitet. Dylan bat Jace, hier auf ihn zu warten, während er sich darum kümmerte, seinen Transport zum Start- und Landeplatz zu organisieren. Damit ging er, ließ Jace allein zurück.

Nicht für lange. Sobald Dylan fort war, kam Deni zu ihm gelaufen.

Jace sagte nichts, öffnete nur die Arme, und Deni warf sich hinein. Jace umfing sie, drehte sich mit ihr herum, drückte sie fest an sich und atmete ihre Wärme, ihren Duft ein.

„Ich möchte nicht, dass du gehst“, erklärte sie. Sie ballte ihre Hände auf Jaces Brust zu Fäusten, über der Stelle, wo sein Herz klopfte.

„Ich möchte auch nicht gehen.“

Ihre Münder trafen sich, verschmolzen miteinander, Hitze gesellte sich zu Hitze. Jace verschlang sie förmlich, labte sich an ihrem Geschmack. Er leckte über ihre Mundwinkel, legte eine Hand auf ihre weiche Brust.

„Deni“, stieß er hervor, „ich habe nicht … Dich zu finden …“

Bedeutet mir die Welt, beendete Deni im Geiste seinen Satz. *Ich war dabei zu ertrinken, weitab vom Ufer. Und dann kamst du.*

„Tiger hat mir gesagt, ich solle dich nicht fortlassen“, flüsterte sie.

Jace hob seinen Kopf, seine grünen Augen dunkel. „Ich muss. Wenn Sie mich finden, wird es für alle schlimm werden, nicht nur für mich.“

„Ich weiß. Ich weiß.“

„Ich kann nicht zulassen, dass dir meinetwegen wehgetan wird.“ Jace fuhr ihr mit einem Daumen über die Wange. „Aber ich bringe das in Ordnung. Ich werde einen Weg finden, sobald wie möglich zurückzukehren.“

Deni nickte, Tränen traten ihr in die Augen. Es gab keinen Grund zu weinen, erinnerte sie sich. So war es klug, und er hatte gerade versprochen, zu ihr zurückzukehren.

Sie hörte Tigers raue Stimme in ihrem Kopf. *Lass ihn nicht gehen.*

Alle wussten, Tiger war ein bisschen verrückt, doch er hatte Deni angeschaut, als könne er den Gefährtenbund um ihr Herz tatsächlich sehen. Er hatte ihr gesagt, sie solle daran festhalten und nicht loslassen, zur Hölle mit den Folgen. Dennoch musste Deni vernünftig sein. Wenn sie alles nach den Regeln machten, die offizielle Erlaubnis einholten, dass Jace herziehen durfte oder sie mit ihren Söhnen zu ihm kam, dann konnten die Menschen sie nicht voneinander trennen. Aber die Erlaubnis war nicht leicht zu erlangen – die menschliche Regierung konnte sie aus vielen Gründen verweigern, und dann würde es für Jace oder Deni schwieriger werden, sich fortzuschleichen, um einander zu treffen.

„Du kannst dich hier verstecken, bis sie es leid sind, nach dir zu suchen“, erklärte Deni, allerdings ohne viel Hoffnung.

Jace schüttelte den Kopf, drückte sie enger an sich. „Dylan hat recht. Die Polizei kommt am Ende auf die Idee, die anderen Shiftertowns zu überprüfen. Mein Dad kann meine Abwesenheit nicht lange vertuschen.“

„Ich weiß.“ Seine Worte ergaben Sinn, aber Denis Herz schmerzte dennoch. Sie versuchte zu lächeln. „Das nächste Mal, wenn du kommst, nehmen wir mein Motorrad und fahren damit raus über die Straßen im Hinterland, schauen mal, was es so kann. Dann drehen wir auf – nur du und ich und der Wind.“

„Ja.“ Jace umfing ihre Wangen. „Das klingt klasse.“

Sie küssten einander wieder, ihr Mund suchte voller Verlangen seinen, und sie klammerten sich aneinander. Deni prägte sich Jaces Duft ein, seine Güte, seinen Geschmack, seinen harten Körper an ihrem. Er war groß, stark und vollkommen, die Antwort auf ihre innere Leere.

Hinter ihnen räusperte sich Dylan, und Jace unterbrach den Kuss, löste sich langsam von Deni. In seinen grünen Augen stand heftige Qual. „Ich muss gehen.“

„Warte.“ Deni nestelte an dem Verschluss ihres Armbands, es war eine altmodische Schließe. Dieses Armband war schon so lange in ihrer Familie, dass niemand mehr wusste, wo es herstammte. Sie nahm es ab und drückte es Jace in die Hand. „Bewahr das für mich auf. Bring es mir zurück.“

Jace begann den Kopf zu schütteln. „Es ist dir wichtig, das weiß ich.“

„Ja, es bedeutet mir viel. Aber wenn du es hast, wird es dir auch wichtig sein.“

Jace zögerte einen weiteren Augenblick, dann schloss er

seine Finger darum. „Ich werde es gut verwahren. Das verspreche ich."

Deni nickte. Sie machte einen Schritt zurück von ihm und verschränkte die Hände. „Möge die Göttin mit dir sein."

„Nein." Jace griff noch einmal nach ihr, zog sie fest an sich. „So was sagt man zu jemandem, den man nie wiedersehen wird."

Sein Kuss war innig und wild. Deni hielt sich an ihm fest und erwiderte den Kuss genauso heftig, und ihr Herz klopfte und schmerzte.

Als Jace sich schließlich erneut von ihr löste, zwang Deni sich, die Arme sinken zu lassen. Er legte ihr eine Hand zwischen die Brüste.

„Lebewohl, Geliebte", erklärte er, dann wandte er sich um und ging fort, folgte Dylan in den Sonnenaufgang.

~

ES STAND AUẞER FRAGE, DASS DENI MIT JACE ZUM Flugzeug kam. Jace verstand das – je weniger Shifter die Shiftertown verließen, desto besser.

Er setzte sich zwischen allerlei Gerümpel auf der Ladefläche von Dylans kleinem Pick-up, über das Dylan eine Abdeckplane gespannt hatte. Dann fuhr Dylan hinaus aus Shiftertown und über den Bastrop Highway nach Osten.

Nach einer ganzen Weile bog er von der Hauptstraße ab, hielt am Straßenrand, stieg aus und hob die Plane an. Die Umgebung war verlassen, und Jace kletterte raus, streckte seine verkrampften Glieder. Dylan würde Jace hier lassen, um auf den Menschen zu warten, der kommen würde, um ihn den Rest des Weges bis zum Flugfeld zu bringen – das hatten sie so schon bei Jaces vorherigen

Besuchen hier so gemacht. Das war für alle Beteiligten sicherer, damit kein Shifter dabei gesichtet wurde, wie er zu einem aufgegebenen Flugplatz unterwegs war.

„Pass auf dich auf", sagte Dylan und umarmte Jace kurz, aber fest. „Ich werde mich von hier aus um die Sache kümmern."

Jace nickte dankend, glitt in das hohe Gras und hockte sich hin, verbarg sich, um zu warten. Dylan kehrte zurück in seinen Pick-up und fuhr langsam weg, bevor irgendwelche anderen Autos auf der Straße auftauchten.

Jace musste nicht lange warten, obwohl es sich so anfühlte, während er im taufeuchten Gras saß. Ein anderer Pick-up, an dessen Steuer einer der Männer saß, die er bei seiner Ankunft auf dem Flugfeld gesehen hatte, bremste und wartete, bis Jace neben ihm Platz genommen hatte.

Nach einer Viertelstunde auf einer unbefestigten Straße befand sich Jace wieder auf dem Flugfeld und stieg in die kleine Frachtmaschine, die ein Mann namens Marlo flog. Marlo hatte vor langer Zeit für ganz üble Burschen gearbeitet und hatte Sachen für sie aus Mexiko in die Staaten transportiert, doch das hatte er aufgegeben. Jetzt schmuggelte er Shifter überall dorthin im Land, wo sie hinwollten.

„Lass uns schauen, dass wir in die Luft kommen", erklärte Marlo und dirigierte Jace über die kleine Treppe in die Maschine. „Der Wind wird stärker. Ich würde gerne so schnell wie möglich aus dieser Wetterlage weg."

Für Jace sah der Himmel klar und wunderschön aus, es strich nur eine leichte Brise durch die Gräser um sie herum. Aber Piloten sprachen eine andere Sprache. Jace verstaute seinen Rucksack, dann nahm er auf dem Sitz des Co-Piloten im Cockpit Platz. Er wusste nicht, wie man flog, doch Marlo sprach gewöhnlich eine Menge auf den Flügen, und Jace fühlte sich einfach besser, wenn Marlo dabei nach vorne schaute und auf seine Instrumente, statt sich ständig umzudrehen, um ihm etwas zuzurufen.

Marlo durchlief die verschiedenen Checks, startete die Propeller, überprüfte weitere Instrumente, winkte der Bodencrew zu und lenkte dann das Flugzeug auf das Rollfeld. Die beiden Männer an dem winzigen Schuppen winkten zurück, dann begaben sie sich zu dem Pick-up, der Jace hergebracht hatte, und fuhren davon.

Marlo beschleunigte auf der kleinen Startbahn, und die Maschine holperte über Bodenwellen, bevor sie sich geschmeidig in die Luft erhob. Während sie an Höhe gewannen, wurden sie ein wenig durchgerüttelt, was an dem Wind lag, den Marlo erwähnt hatte, aber schon bald hatten sie eine Luftschicht erreicht, in der sie ruhig dahinflogen. Die Stadt Austin breitete sich nördlich von ihnen aus, schmiegte sich an den Fluss und die Hügel, und das Wasser sorgte für ein leuchtend grünes Band in dem ansonsten trockenen Braun von Texas.

Jace öffnete seine Hand und musterte das Armband, das er darin hielt. Es war feingliedrig und doch stark. Genau wie Deni selbst. Er rieb mit dem Daumen über das glatte Gold, war entschlossen, sie lächeln zu sehen, wenn er es ihr zurückbrachte.

Jace knurrte leise. Er vermisste sie schon wie verrückt, und die Wildkatze in ihm fauchte wütend, dass er sie verlassen musste. Die wunde Haut an seinem Hals schmerzte bereits wieder, und das sorgte dafür, dass das Tier in ihm noch wütender wurde. Die beschwichtigende Wirkung des Aufenthalts im Feenreich ließ offenbar nach.

Interessant. Jace ließ das Armband über seine Hand gleiten, während er nachdachte. Vielleicht sollten sie versuchen, das Halsband im Feenreich abzunehmen. Wobei andererseits, was wäre, wenn die Shifter sich im Feenreich zwar normal benahmen, sich jedoch, wenn sie es verließen, wie verrückt gebärdeten?

Jace seufzte. Er war Feuer und Flamme dafür gewesen, die Halsbänder zu entfernen, als er nach Austin gekommen war, aber dann hatte sich alles geändert. Er wollte nicht länger sein Leben riskieren für etwas, was sein könnte. Jetzt hatte er etwas zu verlieren. Wenn die Morrisseys so dringend mit den Halsbändern experimentieren wollten, dann sollten sie sich jemand anderen suchen oder es bei sich selbst ausprobieren.

Sein Blick kehrte zu dem Armband zurück, und er stellte sich vor, dass es noch warm von Denis Haut war …

Das Flugzeug wackelte heftig, als wäre es in der Luft über eine Bodenwelle geholpert. Marlo schrie „Hey!" Und umklammerte den Steuerknüppel, während die Zeiger an den Instrumenten sich wie wild zu drehen begannen.

„Hey was?", brüllte Jace über den Lärm der Motoren hinweg, die zu dröhnen begonnen hatten. „Das kannst du in Ordnung bringen, oder?"

„Scheiße", entfuhr es Marlo. Rasch fügte er hinzu: „Noch kein Grund zur Sorge – das hier ist mir schon mal passiert. Ich muss aber landen. Hilf mir, nach einem geeigneten Platz Ausschau zu halten."

„Kein Grund zur Sorge?" Die Maschine verlor beunruhigend rasch an Höhe, nahm Jaces Magen nicht mit. Alles klapperte und rappelte. Ein weiterer Schlag erschütterte das Flugzeug, das jetzt schneller sank. Es erbebte heftig, und dann drang Rauch aus dem Propeller auf der linken Seite, Flammen leckten an der Tragfläche.

„Der Propeller brennt!", schrie Jace. „Und du sagst, kein Grund zur Sorge?"

„Der Wind wird die Flammen löschen. Hilf mir bei der Suche."

„Ach, verdammte Scheiße", fauchte Jace.

Er schloss seine Hand fest um das Armband, als wäre es eine Verbindung zu Deni selbst. *Göttin, Göttin, groß und gütig,* begann er das rituelle Gebet, dann gab er es auf, sich an die korrekten Worte zu erinnern. *Hilf mir. Lass mich wieder mit Deni zusammen sein. Ich spüre den Gefährtenbund, verdammt.*

Die Wärme in seinem Herzen, von der er sich eingeredet hatte, er hätte keine Zeit, darüber nachzudenken, erfasste nun seinen ganzen Körper. Sich von Deni zu verabschieden war eine der schwersten Sachen gewesen, die er je getan hatte. Jace hatte sich das eigene Herz aus der Brust gerissen und war mit der blutenden Wunde fortgegangen, aber er hatte sich dazu gezwungen, weil er geglaubt hatte, es wäre richtig.

Der Gefährtenbund hieß, dass man sich dem anderen schenkte, mit Körper und Seele. Man beschützte einander, sie heilte einen, und man heilte sie. Jace wusste nicht, ob Deni den Gefährtenbund mit ihm fühlte – manchmal war er nicht gegenseitig –, doch er erinnerte sich an den Ausdruck in ihren grauen Augen, bevor sie sich getrennt hatten.

Sie musste es spüren wie er. Sie waren so schnell von Bekannten zu einem Liebespaar und dann zu Gefährten geworden, aber das geschah oft bei Shiftern. Sie formten den Gefährtenbund, und dann erst lernten sie einander kennen – während ihres langen, gemeinsamen glücklichen Lebens.

Und jetzt war er hier bei Marlo, der darum kämpfte, diesen kleinen Vogel zu landen, während die Tragflächen brannten und die flache Landschaft von Texas auf sie zuzurasen schien. Jace würde vielleicht nie mehr erleben als zu wissen, dass der Gefährtenbund sich um sein Herz geschlungen hatte.

Tiger hat mir gesagt, ich solle dich nicht fortlassen.

Tiger, zur Hölle mit diesem verrückten gestreiften Idioten, hatte recht gehabt. Er hatte vielleicht nicht das hier vorhergesehen, nicht genau, aber er hatte gewusst, dass Jace dafür hätte sorgen sollen, dass er bei Deni blieb und eine Lösung von dort aus suchte.

Etwas schnitt ihm in die Handfläche. Er öffnete sie und sah, dass er das goldene Armband so fest umklammert hatte, dass es sich in seine Haut gepresst hatte.

Jace schloss die Finger wieder darum, hob seine Faust und schüttelte sie. Die Enden vom Armband schwangen hin und her. „Bring das hier in Ordnung. Ich muss ihr das zurückgeben."

„Du bist völlig übergeschnappt, Shifter. Ich brauche ein Stück Land, auf dem ich landen kann, oder ich kann überhaupt nie wieder irgendetwas in Ordnung bringen."

„Scheiße", fluchte Jace. Er hatte den Boden mit den Augen abgesucht, doch was wusste er schon darüber, wie das Land beschaffen sein musste, damit man landen konnte? Dann sah er es, einen flachen Streifen, einigermaßen eben, eine Schotterpiste, an deren Ende eine Ölpumpe stand. Sie waren jetzt tief genug, dass er erkennen konnte, es gab kaum Steine oder tiefe Rillen. „Wie ist es damit?"

„Gut genug."

Das Flugzeug wurde durchgerüttelt, etwas knallte hinten wie eine Feuerwerksbatterie. Jace betete, dass es nicht wirklich ein Feuerwerk war.

Die Straße kam näher, Marlo zerrte verzweifelt am Steuerknüppel, um die Nase des Flugzeugs ein wenig anzuheben. Die Räder waren wenigstens ausgefahren, weil Marlo sie nie eingefahren hatte.

„Halt dich fest!", brüllte Marlo.

Woran? Jace stützte sich auf dem Armaturenbrett ab,

versuchte nicht auf die Instrumente zu achten, deren Zeiger sich weiter wie verrückt drehten.

Sie kamen auf der Straße in einer Staubwolke auf, die so dicht war, dass sie die Fensterscheiben verhüllte und verhinderte, dass sie überhaupt etwas sehen konnten. Das war auch gut so, weil Gras und anderes großes Unkraut, das in diesem Teil des Staates überall wuchs, hochgeschleudert wurde und auf die Maschine prasselte, sich um die brennenden Propeller wickelte und die Flammen höher schlagen ließ.

Das Flugzeug prallte gegen etwas und rutschte zur Seite, schleuderte Marlo auf Jace und Jace gegen das Fenster. Das Glas brach, und Flammen drangen hinein.

In letzter Minute löste Jace seinen Sicherheitsgurt, stieß sich aus dem Sitz und warf den bereits bewusstlosen Marlo auf den Boden des Flugzeugs, bedeckte ihn mit seinem eigenen Körper. Eine Explosion war das Letzte, was er mitbekam, dann war da nichts mehr.

KAPITEL ELF

Deni fühlte sich den ganzen Morgen rastlos. Sie versuchte draußen zu arbeiten, ihren Garten in Ordnung zu bringen, aber sie ertappte sich dabei, dass sie die Pflanzschaufel immer wieder nur lustlos in den Boden stieß. Sie warf sie zur Seite, zog sich die Handschuhe aus und ließ sie ebenfalls fallen.

Ihr Arm fühlte sich nackt und seltsam an, wo sonst immer das Armband gewesen war. Sie berührte ihre Haut dort, lächelte jedoch. Bei Jace war es sicher. Er würde zu ihr zurückkommen.

Dennoch spürte sie ein Knurren in der Kehle, als sie zum Haus zurückging. Jackson musste heute nicht arbeiten, aber Will umarmte Deni zum Abschied und machte sich auf den Weg zum Lagerhaus.

„Geht's dir gut, Mom?", erkundigte sich Jackson und musterte Deni, nachdem sie Will zum Abschied gewinkt hatten.

Jackson ähnelte so sehr seinem Vater, sein Haar dunkel statt hell wie ihres und Ellisons, seine Augen ein helles

Grau. Deni zog ihn an sich, verspürte eine überwältigende Liebe für ihn. Sie erinnerte sich allerdings auch daran, wie der Gefährtenbund an ihr gezerrt hatte und wie schlecht sie sich gefühlt hatte, als ihr Gefährte gestorben war … Genau wie jetzt wieder.

Das ist nur eine Reaktion darauf, dass Jace so abrupt abreisen musste, sagte sie sich. *Es ist alles in Ordnung …*

„Es geht mir gut", erwiderte sie.

„Es ist nur so, dass du ein wenig so aussiehst, wie … Du weißt schon …" Jackson runzelte besorgt die Stirn. „So wie du aussiehst, wenn du in deinen Pariazustand verfällst …"

Er sprach nicht weiter, und Übelkeit stieg Deni die Kehle hoch. Die Welt drehte sich um sie, und sie fasste Jackson an der Schulter. „Nein, lass nicht zu, dass ich …" *Vergesse, wer alle sind, versuche, meine eigenen Kinder anzugreifen. Göttin, bitte!*

Sie nahm einen prägnanten männlichen Geruch wahr, verschieden genug von anderen Shiftern, dass sich ihr die Haare aufstellten. Deni knurrte und wirbelte herum, stellte sich instinktiv vor Jackson, um ihn zu beschützen.

Tiger stand am Rande des Gartens, war ganz plötzlich aufgetaucht, wie er das immer tat. Deni atmete einmal tief durch und zwang sich, sich zu beruhigen.

„Du hast ihn fortgelassen", stellte Tiger fest.

Deni schüttelte den Kopf, ihr war immer noch übel. „Ich hatte keine andere Wahl."

Er wartete, bis sie zu ihm kam, wollte nicht ungefragt in Ellisons Territorium eindringen. Deni fühlte sich, als zöge sie etwas zu ihm, als wenn sie zu ihm hin *müsste*. Merkwürdiges Gefühl.

Tiger hielt seine Hand einige Zentimeter von ihrer Brust entfernt, wie er es letzte Nacht getan hatte. „Irgendetwas ist falsch."

Angst überfiel sie. „Woher weißt du das?"

„Der Gefährtenbund." Tiger berührte etwas in der leeren Luft. „Er sagt es dir."

Die logische Deni wollte widersprechen, diskutieren. Das wilde Biest in ihr wusste jedoch: Jace war in Gefahr.

Tiger betrachtete sie mit seinen gelben Augen, dann drehte er sich um und ging weg. Denis Herz schlug schneller, und sie fauchte fast, als sie plötzlich Jacksons Wärme hinter sich spürte.

Sie blinzelte, und Jacksons besorgtes Gesicht tauchte vor ihr auf. „Alles in Ordnung", versicherte sie ihm und nahm einen tiefen Atemzug. „Ich muss mal telefonieren." Sie eilte ins Haus, suchte ihr Handy und lief über die Straße zu Tiger, um nach der Telefonnummer von Eric Warden und seinem Sohn Jace zu fragen.

~

DER SCHNEELEOPARD WÜRGTE VON DEM SCHWARZEN Rauch, seine Pfoten zerrten an dem Loch im Flugzeugrumpf, um Luft zu finden, irgendwelche Luft. Er verbrannte sich an dem heißen Metall und fauchte, aber er musste seine Schnauze aus dem Flugzeug bekommen und atmen.

Er kratzte und benutzte seine ganze Shifterkraft, um mit seinen Krallen das Metall aufzureißen. Er musste kurz daran denken, wie nützlich es wäre, jetzt jemanden wie Ronan, den Kodiakbären, bei sich zu haben, dann wandte er sich wieder seiner Aufgabe zu. Der menschliche Verstand verblasste, und der tierische übernahm das Kommando.

Das Loch vergrößern. Mit den starken Hinterbeinen hochspringen, sich drehen, die Schultern durchzwängen, rauskrabbeln. Jace landete auf der Seite des Wracks – da das Flugzeug umgekippt war – und versuchte einen tiefen Atemzug zu nehmen. Zu viel Rauch. Er musste hier weg.

Der Motor brannte fröhlich vor sich hin, und Jaces Katzennase bemerkte Kerosingeruch. Er musste verschwinden. Sofort.

Bei dem Stöhnen fuhr er herum, seine Krallen glitten über das Metall. Ein Mensch lag im Wrack, ein hagerer Mann mit zottigem Bart, der ein wenig streng roch. Marlo, erinnerte ihn sein Gehirn.

Jace war Shifter. Er brauchte keinen Menschen, der ihn langsamer machte und ihn in die Gefangenschaft zurückbrachte. Jetzt war seine Chance, frei zu sein, einen Ort zu finden, an dem Menschen ihn niemals entdecken würden. Er würde seiner Gefährtin Nachricht schicken, sie würde zu ihm kommen, und sie würden für immer in wundervoller Einsamkeit zusammenleben.

Ein weiteres Stöhnen. Jace legte die Ohren flach an den Kopf, seine Katzeninstinkte rieten ihm, wegzulaufen und nicht anzuhalten. Doch er drehte sich um und verschwand wieder zurück ins Wrack.

Er fand Marlo halb begraben unter einem Haufen aus Metall und Trümmerteilen, kaum noch am Leben. Jace schob die Bruchstücke beiseite, versuchte, ihn zu erreichen. Etwas in Jaces Gehirn riet ihm, sich zurück in einen Menschen zu verwandeln, sodass er Marlo hochheben konnte, aber sein Körper weigerte sich zu gehorchen. Tier zu sein war seine beste Chance zu überleben, also blieb er ein Tier.

Flammen schlugen hoch, und die Temperatur im Wrack verdoppelte sich. Der Rauch wurde dicker. Jace konnte nicht atmen, nicht husten, konnte nicht länger sehen. Er packte vorsichtig mit dem Maul zu und zog.

Das Problem mit Menschen war, dass sie kein Nackenfell hatten. Wenn Jace zu stark zubiss, würde er dem Mann das Genick brechen und ihn töten. Nicht genug, und er würde ihn nicht tragen können.

Endlich hatte Jace Marlo sicher gepackt und zog ihn unter dem Trümmerhaufen hervor. Mit dem letzten Sauerstoff in seinen Lungen zwängte sich Jace wieder durch das Loch, jetzt langsamer wegen des Extragewichts. Er ließ Marlo aus dem Flugzeug fallen, bemerkte, dass er Bissspuren auf seinem Genick hinterlassen hatte.

Hier draußen konnte Jace endlich wieder atmen, aber die Luft war noch immer voll mit Rauch. Marlo lag unbeweglich, und Jace konnte nicht erkennen, ob er atmete.

Er legte wieder seine Kiefer um Shirt und Nacken des Mannes und kletterte vom Wrack zum Boden. Als er Erde unter seinen Füßen fühlte, rannte er, lief fast seitwärts, während er Marlo mit sich zog. Marlos Füße schleiften über das trockene Texas-Gras.

Als sie etwa fünfzehn Meter vom Flugzeug entfernt waren, erreichte das Feuer die Kerosindämpfe, und alles explodierte. Flammen rollten über Jace hinweg, der sich über Marlo warf. Jace roch, wie ihm das Fell versengt wurde, und schnappte nach Luft, doch die war heiß wie ein Vulkan. Glühendes Metall regnete auf sie herab, verteilte Funken über das trockene Gras, das sich sofort entzündete.

Jace kam wieder auf die Pfoten, wusste, dass sein Fell brannte, und zog Marlo hinter die Felsen, die einen ausgetrockneten Flusslauf säumten. Hier gab es kein Wasser, keinen einzigen Tropfen unter dem strahlend blauen Himmel, doch vielleicht wären sie hier vor den Flammen geschützt.

Jace ließ Marlo fallen und rollte sich über die Kieselsteine, wand sich verzweifelt, um das Feuer auf seinem

Rücken zu ersticken. Marlo blieb unbeweglich liegen, blutig und voller Brandwunden, aber er roch nicht tot.

Jetzt, wo er nicht mehr bei lebendigem Leib verbrannte und wieder atmen konnte, bemerkte Jace all die Schmerzen in seinem Körper. Schnitte, die er sich zugezogen hatte, als er aus dem Flugzeug geklettert war, Abschürfungen und wunde Stellen, von dem Versuch, Marlo zu schützen. Seine linke Pfote tat höllisch weh, ein scharfer Schmerz, der ihm verriet, dass er sich eine tiefe Wunde zugezogen hatte.

Jace erhob sich steif aus seiner geduckten Haltung und sah sich um. Das Flugzeugwrack befand sich mitten im Nirgendwo. Um sie herum erstreckte sich die Leere von West-Texas, so weit Jaces Leopardenaugen sehen konnten. Vermutlich gehörte dieses Land irgendwem, vielleicht war es Teil einer riesigen Ranch. Hier draußen konnten ganze Countys nur eine Handvoll Häuser haben.

Jace schüttelte sich, er hatte überall Schmerzen, aber er fand, dass er Glück gehabt hatte. Er hatte sich nichts gebrochen, soweit er das sagen konnte, und wenn auch Teile seines Fells verkohlt waren und seine Haut schmerzte, würde das heilen.

Seine linke Pfote tat allerdings höllisch weh. Das Letzte, an das er sich erinnerte, war, dass er Denis Armband in der Hand gehalten hatte, als das Flugzeug aufgeschlagen war. Jace bewegte seine jetzt leere Pfote und sah zurück zum brennenden Wrack. Er hatte das Armband fallen lassen. Denis Armband, von dem er versprochen hatte, auf es aufzupassen. Nein.

Er begann zurück zum Flugzeug zu laufen, bevor sein Leopardengehirn ihn zurückhielt. *Lass es einfach.* Der Gefährtenbund, der ihn umgab, wimmerte. Das Armband war Teil von ihr gewesen, und sie hatte es ihm anvertraut.

Lass es einfach. Denk nach. Überlebe.

Flieh.

Jace war frei. Niemand ahnte, wo er war. Wenn die Menschen kamen und das Flugzeug fanden, würden sie nicht einmal wissen, dass er darin gewesen war. Er war Schmuggelgut gewesen. Die Shifter, inklusive Deni und ihrer Familie, würden denken, dass er tot wäre. Deni würde weinen. Genau wie sein Vater.

Trauer erfasste Jace, doch in seiner Katzenform war Überleben wichtiger. Er schaute sich erneut um. Das Erste, was er entdeckte, war ein Kojote, hochbeinig und räudig, der wartete, ob die beiden aus dem Wrack sterben würden. Das wäre leichtere Beute als Hasen, die er jagen musste.

Dunkle Flecken erschienen am Himmel, schraubten sich höher, als sie bemerkten, dass er sie gesehen hatte. Bussarde, groß und schwarz, warteten ebenfalls darauf, ob sie heute ein Festmahl erhalten würden. Hier in der Wildnis ging es um töten oder getötet werden, keine Regeln.

Jace fauchte und stürmte auf den Kojoten zu. Das flohzerbissene Biest fauchte zurück, verzog sich jedoch. Allerdings nicht weit. Außerhalb von Jaces Reichweite blieb der Kojote sitzen und wartete.

Jace knurrte ihm eine Herausforderung entgegen. Obwohl er halb verbrannt und in einem Wrack herumgeschleudert worden war, fühlte Jace sich stark, stärker als seit einer langen Zeit. Der Schmerz von seinem Halsband war komplett verschwunden, und tatsächlich konnte er das Halsband überhaupt nicht mehr spüren. Er schüttelte sich wieder und setzte sich hin, um sich mit der Hinterpfote den Nacken zu kratzen.

Er hielt inne. Seine empfindsamen Hinterzehen fanden keine Kette, verbrannt und lose oder eng und ganz. Er strich mit seiner Vorderpfote zu seiner Kehle, mit demselben Resultat.

Jace sagte sich, er solle sich wandeln, um sich zu vergewissern, ob es tatsächlich so war, und das würde er auch – wenn er sich daran erinnern würde, wie. Der Leopard wollte in dieser Form bleiben, also tat Jace das.

Er wand sich, versuchte mit jeder seiner Pfoten das Halsband zu finden, vermutlich zum Amüsement des Kojoten. Tatsächlich war es dem Kojoten egal – er wartete einfach, ob Jace Beute oder eine Gefahr darstellte.

Nein, Moment – der Kojote war verschwunden. Verdammt, er hatte sich an Marlo angeschlichen, während Jace seine Verrenkungen angestellt hatte. Der Kojote sprang vor, bereit, Marlo – oder Teile von ihm – zu seinem Rudel zu schaffen.

Jace stürzte sich auf den Kojoten. Ohren aufgestellt, die Pfotenbewegungen im perfekten Rhythmus, stürmte Jace auf den Aasfresser zu. Er fauchte nicht oder machte irgendwelche anderen Geräusche – das brauchte er nicht.

Der Kojote wich Jaces Pfote gerade noch aus. Jace erwischte ihn aber am Schwanz, und der Kojote jaulte auf und ergriff die Flucht. Jace verfolgte ihn, und der Leopard hatte Spaß an der Jagd, bis ihm klar wurde, dass die Bussarde die Gelegenheit genutzt hatten, nahe bei Marlo zu landen, um zu sehen, ob sie etwas von ihm kriegen konnten.

Jace drehte sich um und rannte auf die Vögel zu, die mit langsamer Verachtung fortflogen. Diesmal fauchte er, und sein Fell sträubte sich, sodass er groß und bedrohlich aussah.

Er wusste sicher, dass sein Halsband weg war, als er endlich stehen blieb und neben Marlo Stellung bezog. Er war bereit gewesen, den Kojoten zu töten und seinen Körper zu zerreißen, und das Halsband hatte nicht versucht, ihn zurückzuhalten. Jace hatte die Meditationstechniken gelernt, ja, aber hier draußen, wenn er Aasfresser wegscheuchte, während er versuchte, sich vom brennenden Flugzeug fernzuhalten, hatte er nicht bewusst gesteuert oder meditiert.

Das Halsband war weg. Komplett. Es musste im Wrack abgefallen sein oder während Jace Marlo weggezerrt hatte.

Das bedeutete, dass irgendwie in dem brennenden Chaos, das Marlos Flugzeug gewesen war, Jaces Halsband abgefallen war, jedes einzelne Kettenglied, ohne ihn zu verletzen oder die Welt in Wahnsinn versinken zu lassen.

Jace setzte sich hin, blinzelte, und selbst seinem Leoparden war die Enormität des Ganzen klar. Wenn er sich jetzt noch zurück in einen Menschen verwandeln, den Weg nach Hause finden und genau herausbekommen könnte, was passiert war, würden alle Shifter etwas davon haben.

Oder er konnte in der Wildnis bleiben. Zum ersten Mal seit zwanzig Jahren war Jace frei. Kein Halsband, keine Regeln, keine Shiftertowns, nur Wind, Erde, der Himmel und Raubtiere mit kleinem Gehirn.

Frei, wiederholte er.

Das Einzige, was verhinderte, dass seine Wildkatze ganz die Kontrolle übernahm und jeden menschlichen Gedanken vertrieb, war ein Wort: *Deni*.

Jace würde sie finden und sie ebenfalls befreien. Dann würde er mit ihr bis ans Ende seiner Tage zusammenleben, der Gefährtin seines Herzens. Niemand in dieser Wildnis würde sich gegen einen Wolf und einen Schneeleoparden durchsetzen können. Er und Deni könnten allein und frei zusammen sein, Gefährten in der Wildnis, so wie Shifter es sein sollten.

Selbst in diesem weiten Land würde jemand einen Flugzeugabsturz gemeldet haben. Bald würden Menschen kommen. Jace hatte nicht vor, sich von ihnen finden zu lassen.

Er packte Marlo am Shirt, zog ihn näher an das brennende Wrack, was die Aasfresser für einige Zeit von ihm fernhalten würde, drehte sich um und sprang ins hohe Texas-Gras. Seine Pfote tat immer noch weh, aber das war nur eine Kleinigkeit.

ERIC HATTE DEN GANZEN TAG NICHTS VON SEINEM SOHN gehört, hatte er Deni gesagt, und Jace hatte vermutlich sein Handy ausgeschaltet. Eric machte sich auch Sorgen, aber Marlos Flugzeug war alt und langsam. Es würde erst spät am Abend in Las Vegas landen, trotzdem hörte sich Eric beunruhigt an, versuchte allerdings dennoch, Denis Angst zu beschwichtigen, wie es jeder gute Alpha-Shifter tun sollte.

Liam versuchte ebenfalls, sie zu beruhigen. Unter dem Radar zu fliegen brauchte etwas Zeit, und Marlo legte häufig Zwischenstopps ein, um aufzutanken oder für ein paar Stunden von der Bildfläche zu verschwinden. Marlo hatte ein Handy, aber er ging auch nicht dran, wobei er das ohnehin nicht immer tat.

Nachdem sich Liam am Nachmittag auf den Weg zur Bar gemacht hatte, tigerte Deni auf und ab, war gereizt, schnauzte jeden an und schaffte nichts. Jedes Tätscheln auf den Rücken oder beruhigende Versicherungen ließen sie nur wütend werden. Eric und Liam hatten vermutlich recht – doch Tigers Worte, dass er irgendetwas gesehen hatte, das mit dem Gefährtenbund nicht stimmte, zusammen mit der Enge in Denis Brust, trieben sie fast in den Wahnsinn.

Ellison verabschiedete sich, um ebenfalls zur Bar zu

fahren. Er sagte Deni und seiner Gefährtin, dass Liam ein Treffen der Tracker einberufen habe. Das bedeutete nur Tracker – die Shifter, die für Liam als Bodyguards, Ermittler oder Friedenswächter arbeiteten, je nachdem, was benötigt wurde. Ronan, Ellison, Spike, Sean, Tiger und Dylan machten sich auf den Weg, ließen Deni rastlos und kurz vorm Durchdrehen zurück.

Um fünf hielt sie es nicht mehr aus. Sie ging aus dem Haus und die Straße hinunter, begab sich zur Bar am Rand der Shiftertown.

Der Parkplatz war schon voll. Diese Bar war für Menschen, die Shifter mochten, ein beliebter Stopp auf dem Weg von der Arbeit nach Hause. Die Groupies waren schon da, hatten sich aufgebaut und warteten auf Shifter. Nachdem der Kampfclub für einige Zeit dichtgemacht worden war, hatten die Groupies offensichtlich beschlossen, dass das hier ihr neues Jagdgebiet war.

Der menschliche Barkeeper warf Deni einen scharfen Blick zu, als sie hereinkam. Die anderen Shifter, die schon da waren, wirkten nervös, aber als Deni fragte, warum, hatten sie keine Antwort. Sie wussten, dass etwas in der Luft lag, doch sie wussten nicht, was. Die Tracker hatten sich in Liams Büro zurückgezogen und die Tür geschlossen, erzählte man ihr, dann waren alle außer Liam und Dylan wieder rausgekommen und hatten die Bar verlassen. Wohin die Tracker, inklusive Ellison, verschwunden waren, wusste niemand.

Deni hatte kein Recht, Liam zur Rede zu stellen, der nicht zu ihrer Familie gehörte und im Rang weit über ihr stand. Sein Trackertreffen hatte vielleicht überhaupt nichts mit ihr oder Jace oder der Polizei zu tun. Es passierte ständig irgendein Mist, der Shifter und die Shiftertown betraf.

Eins der Groupies saß ganz allein in einer Nische und sprach in ihr Handy. Und sprach und sprach. Sie sah sich um und redete dann weiter. Wenn sie nicht redete, schrieb sie Textnachrichten.

Die junge Frau sah nicht anders aus als die anderen Groupies. Sie trug ein kurzes, hautenges pinkfarbenes Kleid zu schwarzen Stilettos, hatte kurzes schwarz gefärbtes Haar, das niedlich fransig geschnitten war, und sie hatte ihr Gesicht mit Katzenaugen und Schnurrhaaren bemalt. Ihr Outfit schrie: *Kommt und holt mich, Shifter, ich schnurre gerne*, aber ihre Miene und Körpersprache verrieten extreme Nervosität.

Nachdem Deni sie einige Zeit unauffällig beobachtet hatte, fiel ihr etwas anderes auf, wodurch sich die Frau unterschied. Die anderen Groupies beäugten die Shifter mit gierigen Blicken oder schmissen sich ohne Scham an sie ran. Die meisten Groupies waren weiblich, da die meisten Shifter hier Männer waren, doch einige junge männliche Groupies betrachteten die männlichen Shifter – und Deni – mit derselben Art von Interesse.

Die junge Frau in der Nische hingegen tat ihr Bestes, nicht die Aufmerksamkeit der Shifter auf sich zu ziehen. Was keinen Sinn ergab, solange sie sich wie ein Groupie anzog und in einer Shifterbar abhing.

Deni griff sich die Bierflasche, die der Barkeeper ihr hingeschoben hatte, und nahm sie mit sich zu der Nische. Sie stellte die Flasche auf den Tisch und setzte sich der jungen Frau gegenüber.

Die zuckte zusammen, als wäre sie von Blitz getroffen worden. Deni erwiderte ihren Blick, und das Mädchen versuchte ihm auszuweichen.

„Der Shifter da drüben", Deni zeigte auf ihn. „Broderick. Der ist auf der Suche nach etwas Action."

Ob Broderick das tatsächlich war oder nicht, wusste Deni nicht, aber die Reaktion der jungen Frau war verräterisch. Sie zuckte zusammen und sah nicht dorthin, wo Deni hinzeigte. Tatsächlich bewegte sie sich ein wenig, sodass Deni Brodericks Sicht auf sie verbergen würde.

„Ich warte auf jemanden", murmelte die junge Frau. „Lass mich in Ruhe, Shifter."

„Tatsächlich? Auf wen wartest du denn?"

Die Frau starrte sie an. Sie hatte hellblaue Augen und roch stark nach Angst und noch mehr nach Wut.

„Geht dich gar nichts an." Ihre Worte und ihre Augen waren trotzig, doch ihre Stimme zitterte.

„Interessant", antwortete Deni. Sie riss der Frau das Handy aus der Hand und stand auf.

Das Mädchen kreischte. „Hey, gib mir das zurück!"

Deni trat aus ihrer Reichweite und scrollte durch die Liste der letzten Anrufe. Nur einer war heute gemacht worden, viel früher am Nachmittag, was bedeutete, dass sie nur vorgetäuscht hatte, mit jemandem zu telefonieren. Zeit geschunden. Sie hatte allerdings gestern sehr viele Anrufe getätigt, und auch am Tag davor und bis in die letzte Woche hinein. Alle zur Polizei von Austin.

„Eher nicht", erwiderte Deni.

Broderick fuhr mit wütendem Gesicht um. Er mochte es nicht, wenn er beim Biertrinken mit seinen Brüdern gestört wurde. „Wer zur Hölle macht denn hier solchen Lärm?", knurrte er.

Deni ignorierte ihn. Sie drehte sich von dem Groupie weg, die sich auf ihr Telefon stürzen wollte, und lief zu Liams Bürotür. Das hier war zu wichtig, um seine Privatsphäre zu respektieren. „Broderick, lass sie nicht weg", sagte sie und trat dann durch die Tür ins Büro.

Liam telefonierte an seinem Schreibtisch, Dylan stand

neben ihm und hörte zu. Normalerweise lümmelte Liam zurückgelehnt mit seinen Füßen auf dem Schreibtisch, ging lässig Rechnungen, Ausgaben, Gehälter und alles Mögliche durch, aber heute saß er aufrecht in seinem Stuhl, eine Hand über den Augen, und sprach hastig ins Telefon.

„Hast du herausgefunden, wo?“, fragte er denjenigen, der am anderen Ende der Leitung war. „Nun, verdammt, finde es.“

„Finde was?“ Kälte schoss durch Deni, löste den Schwindel aus, gegen den sie schon den ganzen Tag angekämpft hatte. „Liam?“

Dylan ging schnell um Deni herum und schloss die Tür. „Leise, Mädchen. Wir können nicht zulassen, dass die anderen es erfahren.“

„Was erfahren? Verdammt noch mal, erzählt es mir.“

Liam warf ihr einen Blick zu, sein Gesicht angespannt, während er weiter dem Wortschwall aus dem Telefon lauschte. Er warf seinem Vater einen Blick zu und nickte.

Dylan nahm Denis Hand zwischen seine, presste Wärme hinein. „Wir wollten nicht, dass du es erfährst, bis wir sicher waren, Deni. Marlos Flugzeug ist irgendwo in West-Texas abgestürzt. Wir wissen noch nicht genau, wo, und wir wissen nicht, wer überlebt hat.“

KAPITEL ZWÖLF

Denis Welt kam zu einem jähen Halt – oder vielleicht drehte sie sich weiter und geriet außer Kontrolle, während sie wie versteinert an einem Platz stand. Sie konnte Dylan kaum erkennen, während sie ihn anstarrte, nur das Blau seiner Augen, mit denen er ihren Blick erwiderte.

Schock durchströmte sie und dann Panik, und ihr Wolf begann zu heulen, ein trauererfülltes, wildes Heulen, das nur beim Tod eines Gefährten passierte.

„Deni", drang Dylans Stimme zu ihr durch. „Sieh mich an."

Die Stimme, die aus Denis Mund kam, hörte sich harsch und falsch an. „Wo ist er?"

„Südlich der I-10", antwortete Liam. „Irgendwo zwischen hier und Fort Stockton. Großartig", sagte er ins Telefon. „Das ist nicht gerade ein kleines Gebiet."

Deni hörte jemanden am anderen Ende der Leitung sprechen – Ronan, vermutete sie, wegen des tiefen Klangs.

„Das ist alles, was wir wissen“, erklärte er. „Wir können nicht zu viele Fragen stellen.“

„Stellt sie“, fauchte Deni. „Findet ihn.“

„Mädchen …“, begann Dylan.

„Nenn mich nicht ‚Mädchen‘. Findet ihn. Er ist mein Gefährte.“

Sowohl Dylan als auch Liam starrten sie an, während die Wahrheit ihrer Worte Deni erfüllte, unendlich wehtat und sie zur selben Zeit Glück durchströmte. *Mein Gefährte. Schmerz. Verloren. Finden!*

Deni knurrte wieder, die Ränder ihrer Welt verzerrten sich, als ihre Augen sich in die eines Wolfes verwandelten. Dylan nahm ihr das Handy, das sie dem Mädchen entrissen hatte, aus der Hand, die Deni so fest geballt hatte, dass das Plastik zu splittern anfing.

„Wo hast du das her?“, wollte er wissen und betrachtete das Smartphone, das eigentlich kein Shifter benutzen durfte.

„Spionin“, presste Deni hervor. „Broderick hat sie.“

Dylans Augen bewegten sich, während er die Telefonnummern überflog. Dann knurrte er wütend, schob sich an Deni vorbei und verließ mit einem Türknallen das Büro.

Deni schnappte sich das Telefon von Liam. „Ronan. Sag mir sofort, wo er ist.“

„Deni?“ Ronans Tonfall wurde sanfter. „Ja, hab ich mir gedacht. Sean hackt, so schnell er kann. Er versucht den Ort zu finden, geht nach den Meldungen.“

„Wo seid ihr?“

„Keine Ahnung.“ Ronan wandte sich offenbar ab, sprach mit irgendwem anders. „Scheint so, als wären wir etwa da, wo die 55 auf die 277 trifft, wo auch immer das sein mag. Etwas westlich davon. Ellison lässt ausrichten, du sollst es nicht wagen, herzukommen.“

„Du kannst Ellison …“

Deni konnte nicht weitersprechen. Sie erinnerte sich nicht mehr daran, dass sie das Telefon fallen gelassen hatte oder irgendwas zu Liam gesagt. Sie wusste nur, dass sie durch die Bar nach draußen eilte, an Dylan vorbei, der mit Broderick das Pseudo-Groupie in der Zange hatte, und die beiden ignorierte, als sie versuchten, sie aufzuhalten. Sie lief und lief, bis sie vor ihrem eigenen Haus stand, das neue Motorrad, das Ellison ihr gekauft hatte, hervorholte und aufsaß.

Sie musste die Schlüssel gefunden, ihren Helm, Jeans und Stiefel angezogen haben. Auch daran erinnerte sie sich nicht. Wenige Minuten später verließ sie die Shiftertown, schlängelte sich durch den Verkehr in Richtung der Straßen, die westlich aus der Stadt führten.

Deni kannte Texas nicht so gut wie Ellison, aber sie wusste, wie sie aus Austin durch das Hill Country nach Westen kam, durch Fredericksburg zur I-10. Bei der Auffahrt zur Interstate blieb sie kurz stehen, überlegte, ob sie sich nach Norden oder Süden wenden sollte. Sie entschied sich für Norden, bog nach etwa dreißig Meilen auf die 377 ab und wandte sich nach Süden.

Erst jetzt, nachdem sie schon die ganze Zeit, so schnell sie konnte, Richtung Süden und Westen gefahren war, wurde ihr klar, dass sie auf ihrem Motorrad saß.

Allein. Auf dem Highway, unter freiem Himmel, durch die flachen Texas-Ebenen und den Staub. Ganz allein. Es war niemand bei ihr, kein Jace, der sie hielt und ihr sagte, dass sie es schaffen würde.

Sie hatte die Maschine in Fredericksburg durch den dichter werdenden Verkehr gelenkt, vorbei an den zu schnellen Lkws auf der 10 und jetzt über den offenen

Highway ohne irgendwelche Angst außer der, die sie um Jace empfand.

Die Sonne stand immer noch hoch, auch wenn es langsam Abend wurde. Es waren nicht mehr viele andere Fahrzeuge unterwegs. Deni gab bis zum Anschlag Gas, die hochmotorisierte Maschine raste über den Asphalt. Shiftern war es nicht erlaubt, neue Fahrzeuge zu kaufen, aber Deni war ohnehin immer der Meinung gewesen, dass Harleys besser waren, wenn sie schon eingefahren waren. Ellison hatte an dieser geschraubt, bis sie wie ein Löwe schnurrte oder vielleicht wie ein Schneeleopard.

Deni hatte ein solches Tempo drauf, dass sie fast die 55 verpasste, die sich von hier nach Westen und etwas nördlich wand. Sie schoss sie herunter, blinzelte gegen die helle Sonne. Ende Juli war es immer noch heiß.

Die 55 endete an der 277, die hier in Nord-Süd-Richtung verlief. Deni blieb in einer kleinen Haltebucht stehen und sah sich um. Ein Lkw donnerte an ihr vorbei nach Süden, ein Auto wandte sich nach Norden, in der einbrechenden Dunkelheit schon mit eingeschalteten Scheinwerfern. Es gab keine Straße von hier weiter nach Westen, außer eine unbefestigte Piste, direkt in die Wildnis.

Aber Ronan hatte gesagt, dass sie sich westlich von dieser Kreuzung befanden, also war es da, wo sie sein mussten.

Deni wartete, bis alles frei war, dann lenkte sie die Maschine über den Highway und auf die Staubpiste ins Nichts. Ihre Wolfsinstinkte erwachten. Sie hatte den Helm abgenommen, sodass sie jetzt sehen, hören und riechen konnte wie ein Shifter, während ihr menschlicher Körper das Motorrad fuhr.

Als der Himmel sich verdunkelte und Sterne am Firmament aufgingen, sah Deni ein kleines orangefarbenes Licht zu ihrer Linken. Die schmale Piste führte nach rechts, sodass sie sich davon entfernte, und sie hatte keine Ahnung, ob sie je dahin führen würde, wo sie hinwollte.

Deni stellte das Motorrad ab, zog sich aus, streckte sich und verwandelte sich in ihren Wolf.

Mit ihren geschärften Sinnen nahm sie öligen Rauch von weit entfernt brennendem Kerosin wahr. Der Geruch ließ sie würgen. Sie lief in das weite Land, wandte sich in Richtung des Feuers. Sie kam an Ölquellen vorbei, metallene Giganten, deren Köpfe sich vor dem wie mit Diamanten übersäten Sternenhimmel auf und nieder bewegten, während sie geräuschvoll Öl pumpten. Aber sie waren unwichtig, Maschinerie der Menschen. Deni war jetzt Wolf, nichts mehr, und die Nacht hüllte sie ein.

Nach einer langen Zeit, die sie schnell gelaufen war, kam sie an das glühende Wrack eines Kleinflugzeugs. Im Lichtschein des Feuers sah sie die großen Gestalten von Ronan und Tiger und Spike, der sich über jemanden am Boden beugte.

Jace? Denis Herz hämmerte, während sie schneller wurde. Nein, Deni sah sich um und witterte, während sie sich den anderen näherte. Der Mann am Boden war menschlich, vermutlich der Pilot Marlo. Sie roch nicht den Gestank des Todes, also lebte er noch. Ronan und Spike schnallten ihn auf eine Trage, machten sich daran, ihn hinten auf einen Pick-up zu laden, der in der Nähe parkte. Tiger entdeckte Deni und sah sie intensiv an, wandte sich dann wieder ab, um sich um Marlo zu kümmern.

Ein weiterer Wolf rannte aus der Dunkelheit und direkt auf Deni zu – Ellison, groß und grau. Der Blick seiner Wolfsaugen fand ihren. Ellison zeigte Trauer, aber auch Wut.

Was zur Hölle tust du hier?, drückte seine Körperhaltung

aus. *Welchen Teil von: ‚Wage es nicht herzukommen' hast du nicht verstanden?*

Wo ist Jace?, entgegnete Deni, hielt sich gerade noch zurück, sich auf ihn zu stürzen und vor Wut zu heulen.

Weiß ich nicht. Hab seine Spur verloren.

Deni knurrte und stürmte an ihm vorbei. Sie hörte, dass Ellison hinter ihr fauchte und ihr folgte.

Deni lief auf das Feuer zu, was ihr überraschte Blicke von den anderen Shiftern einbrachte. Sean, das Schwert auf dem Rücken, wollte ihr in den Weg treten, aber sie hetzte an ihm vorbei zu Tiger. *Du bist doch so gut im Suchen und Finden*, knurrte sie ihn an. *Wo ist er?* Sie funkelte ihn an, wollte ihn zwingen, sie zu verstehen, aber sie war ein Wolf und er ein Tiger, also wer wusste schon, was sie ihm übermitteln konnte?

Tiger betrachtete sie, seine Brauen über den goldenen Augen zusammengezogen. „Du musst ihn finden", erwiderte er.

Warum hast du das nicht getan?

Tiger starrte sie weiter an. „*Du* musst das tun."

„Tiger, wir brauchen hier deine Hilfe", rief Ronan ihn.

Tiger erwiderte Denis Blick noch einen Moment länger, wandte sich dann ab und ging zu Ronan, der irgendetwas in der Nähe des brennenden Wracks tat, Deni wusste nicht, was. Sie knurrte frustriert und rannte aus dem Licht, suchte die Ränder der Absturzstelle nach Jaces Geruch ab.

Sie fand ihn ein kleines Stück entfernt vom Flugzeug, als der Wind ihr den Rauch aus dem Gesicht blies – Jace, klar und deutlich. Sie preschte los.

Das hab ich schon versucht, kam von Ellison. *Hab ihn ziemlich schnell verloren.*

Deni hörte nicht auf ihn. Jede Spezies von Shiftern hatte Vorteile gegenüber den anderen. Felide konnten perfekt im Dunkeln sehen, und sie waren schnell. Bären verfügten über enorme Körperkraft und Durchhaltevermögen, vermutlich weil sie so viel schliefen, hatte Deni immer gedacht.

Aber Wölfe schlugen sowohl Bären als auch Felide dabei, einer Geruchsspur zu folgen. Kein Shifter konnte es mit einem Wolf auf einer Fährte aufnehmen. Die zweite Stärke eines Wolfes war Kommunikation. Wölfe heulten von Hügel zu Hügel, gaben Informationen weiter, Warnungen, markierten ihr Territorium. Ihre nonverbalen Fähigkeiten waren die besten von allen Shiftern.

Im Moment brauchte Deni nur ihren Geruchssinn. Sollte Ellison sie doch anheulen – sie musste ihren Gefährten finden.

Sie verlor Jaces Spur ziemlich schnell, genau wie Ellison vorhergesagt hatte, neben einer weiteren, allerdings versiegten Ölquelle. Der metallische Gestank von altem Öl und rostender Maschinerie überlagerte den wärmeren Geruch von Shifter, und Deni setzte sich enttäuscht hin.

Doch Jace war diesen Weg entlanggekommen, das stand fest. Ob er zurückgelaufen war oder hier irgendwo verletzt lag, wusste Deni nicht.

Aber Jace war ihr Gefährte. Sie teilten den Gefährtenbund – da gab es keinen Zweifel. Deni fühlte ihn in sich, die Wärme um ihr Herz, und es erfüllte sie mit Stärke.

Denis Unfall hatte ihr viel ihres Selbstvertrauens genommen. Sie hatte Anfälle gehabt, in denen sie vergessen hatte, wer sie war, und auch niemanden um sich herum erkannt hatte. Sie hatte Ellison angegriffen, genau wie Freunde, und manchmal sogar ihre eigenen Jungen.

Voller Angst, dass sie die, die sie liebte, verletzen könnte, hatte sie sich in eine eng begrenzte Welt zurückgezogen, in der sie nur wenig ausging und sich zwang, nicht zu kämpfen oder auch nur Spaß zu haben. Sie war nicht mehr in der Lage gewesen, auf ihr Motorrad zu steigen, selbst mit jemanden hinter sich, wie sie Jace erklärt hatte, nachdem sie überfahren worden war, war nur bei dem Gedanken panisch geworden. Zuzusehen, wie der Mann, der ihr wehgetan hatte, starb, hatte ihr geholfen. Doch die Ängste hatten sich als hartnäckig erwiesen.

Der Kontrollverlust – dass der Paria sich in ihr erhob und übernahm – machte ihr am meisten zu schaffen. Aber an diesem Ort, in der Dunkelheit, wurde Deni klar, dass die einzige Möglichkeit, ihren Gefährten zu finden, darin bestand, sich dem Tier in ihr zu ergeben.

Sie entfernte sich von der Ölquelle, setzte sich wieder hin und schloss die Augen. Sie atmete tief ein und aus, forschte am Gestank von Erdöl und Feuer vorbei nach dem Geruch, suchte in der Nacht.

Sie erinnerte sich, was sie durchgemacht hatte, als sie gesehen hatte, wie Broderick sich am Kampfclub auf Jace gestürzt hatte. Da hatte sie noch nicht gewusst, dass Jace ihr Gefährte war, aber irgendetwas in Deni hatte sie dazu gebracht, Broderick anzugreifen, neben Jace zu kämpfen und ihn zu beschützen.

Deni erinnerte sich an die Wut, die sie ergriffen hatte, erinnerte sich an das Gefühl und den Geschmack. Sie ließ all ihre menschlichen Gedanken gehen und das Biest in den Vordergrund kommen.

Ihr Halsband sprühte einmal Funken, doch jedes rationale Denken verließ sie, und purer Instinkt übernahm die Kontrolle.

Der Wolf senkte den Kopf zum Boden und schnüffelte, ging erst, wurde dann schneller. Sie lief in einem Zickzackmuster über die Erde und dann einen steinigen ausgetrockneten Flusslauf entlang.

Sie fand nichts, aber Denis Wolf erlaubte ihr nicht, Frust darüber zu empfinden. Einem Geruch zu folgen brauchte Geduld und Zeit. Sie stieg auf der anderen Seite des Flusslaufes wieder hinaus, suchte weiter jeden Zentimeter Boden ab. Sie entfernte sich weiter und weiter vom Wrack, ließ die anderen Shifter hinter sich. Immer noch entdeckte sie nichts. Entweder hatte Jace nicht auf seinen eigenen Füßen den Ort verlassen, oder er hatte sich gut versteckt.

Deni setzte sich in der Dunkelheit hin, hörte das Rascheln von Schlangen im trockenen Gras, die einen großen Bogen um sie machten. Sie konnte nichts außer der Nacht riechen – die Staubkörnchen im Wind, die Kälte des Wassers in der Ferne, die wilde Trockenheit von Texas, seit Jahrhunderten unverändert. Keine Raubkatzen, außer die beim Wrack hinter ihr, keine Shifter.

In ihr formte sich eine vage Idee. Vielleicht sollte sie nicht nur dem Geruch folgen. Deni dachte darüber nach, dann schloss sie die Augen, konzentrierte sich ganz auf den Gefährtenbund und sandte ihn aus.

Da. Ein leichtes Zupfen, weit im Westen und südlich von dort, wo sie jetzt war. Dort war Jace. Gerüche konnten in die Irre führen oder überdeckt werden. Aber nichts konnte das schmerzhafte Ziehen des Gefährtenbunds überlagern.

Deni nahm den Weg zurück, den sie gekommen war, durch das trockene Flussbett, und begann zu rennen, dorthin, wo Jace war.

Sie hörte, wie Ellison hinter ihr frustriert aufheulte. Er hatte den Geruch verloren und konnte sie in der Dunkelheit nicht mehr orten. Egal. Deni würde ihren Gefährten finden und nach Hause bringen, und alles würde gut werden.

JACE SPÜRTE SIE KOMMEN. DER SCHNEELEOPARD HIELT inne, blieb stehen, als wenn jemand ihm eine Leine angelegt und brutal daran gezerrt hätte.

Er war gerannt, hatte so viel Distanz wie möglich zwischen sich und das Wrack gelegt. Wer auch immer ihn fand – Shifter oder Mensch – würde ihn zurück in die Gefangenschaft, zu Halsbändern und Regeln bringen wollen. Shifter, die sich zähmen ließen, wurde Jace klar, bedeuteten keine Sicherheit. Sie bedeuteten Unterwerfung.

Aber seine Gefährtin war auf dem Weg zu ihm.

Jace blieb auf einer kleinen Anhöhe stehen, von denen es auf diesen flachen Ebenen nur wenige gab. Er setzte sich hechelnd hin und wartete.

Deni kam durch das trockene Gras, ihr Körper nicht mehr als ein grauer Schatten im Mondschein. Sie war schnell, stürmte die Anhöhe hoch, blieb nicht stehen. Sie ließ ein fröhliches Kläffen hören und stieß so heftig gegen Jace, dass sie zusammen die andere Seite des kleinen Hügels hinabrollten und unten in einem Haufen aus Pfoten und Fell landeten.

Deni verwandelte sich in ihre menschliche Form, nackt, ihr Körper im Licht der Sterne gebadet. Tränen liefen ihr über die Wangen.

„Ich hab dich gefunden.“ Sie schlang die Arme um Jaces Leopard, der schnaufte und seinen Kopf an ihr rieb. „Ich hab dich gefunden.“

Jace leckte ihr übers Gesicht, schmeckte ihre Tränen, und Deni lachte, während er sie beinah umwarf. *Komm mit mir, Liebste,* drängte Jace sie. *In die Wildnis, wo wir hingehören.*

Deni löste sich von ihm, betrachtete ihn. „Geht es dir

gut? Sie bringen Marlo in ein Krankenhaus. Du solltest dich auch mal von einem Arzt anschauen lassen."

Als Antwort sprang Jace sie an, stieß sie zu Boden. Denis Mund verzog sich zu einem Lachen, während sie sich in seinen Pelz schmiegte. „Ernsthaft, Jace. Ich hab mir Sorgen um dich gemacht. Alle haben das getan. Ich dachte, du bist tot."

Wieder liefen die Tränen. Jace leckte sie ihr weg, dieses Mal ganz zärtlich.

„Ich hatte solche Angst, dass ich mich einfach auf mein Motorrad gesetzt habe und losgefahren bin, ohne es überhaupt groß zu merken. Hast du mich gehört? Ich bin gefahren. Mein Motorrad. Allein. Und ich hatte keine Angst!"

Jace leckte sie wieder. *Ich bin froh, mein Herz. Du heilst.*

„Fahr mit mir zurück. Das wird noch besser."

Nein. Ich gehe nicht zurück.

„Jace." Deni streichelte ihm den Kopf, und Jace wollte schnurren. „Ich spreche Felid nicht sehr gut. Verwandle dich, und rede mit mir."

Doch das wollte er nicht. Er wollte Katze bleiben, und sie würde Wolf sein, und sie würden sich irgendwo eine Höhle suchen. Sie waren schlau genug, um zu jagen und Jägern auszuweichen und ihren Jungen beizubringen, dasselbe zu tun. Er liebte ihren Geruch, der seinen Paarungswahn schürte.

„Was ist los?", fragte Deni ihn und streichelte ihn wieder. „Ich habe meine größte Angst losgelassen – mich selbst zu verlieren –, um meinen Wolf übernehmen zu lassen, damit ich dich finden konnte. Und weißt du was? Es geht mir gut. Schau nur." Sie breitete die Arme aus. „Ich bin nicht zum Paria geworden. Ich habe dich gefunden und mich nicht verloren. Ich muss keine Angst mehr haben." Sie schlang wieder die Arme um ihn, seine starke und warme

Gefährtin. „Der Absturz muss furchtbar gewesen sein. Aber ich werde auch dich nicht verlieren, Jace. Bitte. Komm zu mir zurück."

Es war nichts verkehrt mit Jace. Er war frei und hatte kein Halsband mehr. Es war allerdings dunkel, und Deni hatte seinen Hals bisher nicht berührt. Sie verstand es noch nicht.

„Bitte, Jace. Ich brauche dich."

Wieder liefen ihr Tränen aus den Augen, und das riss Jace aus seinem Tierdenken. Er verwandelte sich, wenn auch nicht so leicht wie sonst, sondern ruckartig und keuchend vor Schmerzen. Seine Katze wollte ihn nicht gehen lassen.

„Es ist abgegangen", sagte er, die Worte klangen noch immer wie ein felides Knurren. „Schau. Das Halsband. Es ist weg."

Er nahm Denis Hand und legte sie sich auf den Hals.

Deni riss die Augen auf. Sie strich über Jaces nackte Kehle, was nicht wehtat, tastete mit ihren Fingern um seinen ganzen Hals herum. „Was ist passiert?"

„Keine Ahnung. Ich war schon aus dem Wrack raus, bevor ich es bemerkt habe. Vielleicht durch das Feuer. Vielleicht schmelzen sie unter großer Hitze weg."

Jace berührte Denis Gesicht, sein Verlangen nach ihr wurde noch stärker. Deni lehnte sich vor, nahm dann seine Hand und starrte sie an. „Was ist das?"

Er warf einen Blick auf seine Handfläche. Sie tat immer noch weh, und jetzt sah er auch, warum. Seine Handfläche war versengt, doch es zog sich ein goldener Streifen durch die Mitte. Er begriff, dass es Denis Armband war. Das schmale goldene Band hatte sich in seine Haut gebrannt.

KAPITEL DREIZEHN

„Tut weh“, sagte Jace. Und es juckte auch.

Deni küsste seine Handfläche, ihre Lippen waren kühl. „Das kann ich sehen. Was ist passiert?“

„Es muss sich erhitzt haben und geschmolzen sein“, erwiderte Jace. „Tut mir leid, Deni. Ich hatte versprochen, dass ich es dir zurückbringe.“

„Das hast du.“ Deni berührte sein Gesicht und lächelte ihm auf eine Art zu, die den Bund um sein Herz noch fester werden ließ. „Lass uns nach Hause gehen.“

„Wir sind zu Hause.“ Deni lag unter ihm. Ihr Körper weich, ihr Duft und ihre Wärme ließen ihn die Schmerzen vergessen. „Bleib mit mir hier.“

Sie sah ihn wieder besorgt an. „Wir müssen zurück. Du hast Freunde und Familie, die dich lieben, und sie machen sich Sorgen um dich.“

Jace rieb sein Gesicht an ihr. „Aber ich bin frei von allem. Ich will nicht mehr benutzt, verletzt, als Versuchskaninchen missbraucht werden. Ich will nicht mehr der entspannte Jace im Hintergrund sein. Ich habe meine Gefährtin, mein Leben. Ich habe dich."

Denis Gesichtsausdruck wurde weicher. „Ja."

Der Paarungswahn machte sich jetzt auch bei ihr bemerkbar, Jace konnte es in ihren Augen sehen. Ihre Finger waren heiß, als sie über sein Gesicht strich und die Schmerzen linderte.

Die Berührung der Gefährtin heilte. Jace schloss die Augen und wusste, dass sich seine Wunden schlossen, seine Verbrennungen verschwanden. Sein Shifterstoffwechsel wurde durch die sanfte Berührung seiner wahren Gefährtin unterstützt.

„Jace, verlass mich nicht."

Jace öffnete die Augen, und ihm wurde klar, dass er erneut begonnen hatte, sich in seinen Leoparden zu verwandeln. Er zwang sich, wieder seine menschliche Form anzunehmen. Er musste jetzt Mensch bleiben, weil er sie haben wollte.

Er knurrte tief in seiner Kehle. Deni erkannte den Laut. Ihre Augen wurden dunkler und füllten sich mit Verlangen. Ihre Hände strichen über seinen Rücken und bis zu seinem Nacken.

Jace wusste, wenn er erst einmal angefangen hatte, sie zu küssen, würde er nicht mehr damit aufhören können, aber das war ihm egal. Er presste seinen Mund auf ihren, schmeckte ihre Hitze, ihren Wahn. Er wurde größer und größer, verband sich mit seinem eigenen, der auf ihren reagierte.

Die Küsse wurden leidenschaftlicher. Jace biss Deni in die Unterlippe, sodass sie aufkeuchte, aber auch lachte. Sie wölbte sich ihm entgegen, und ihr Körper bewegte sich verführerisch.

Jace hielt sie mit einer starken Hand fest und drang in sie ein. Als er in sie glitt, veränderte sich die Welt.

Die egoistische Wildheit, die ihn überkommen hatte, als ihm klar geworden war, dass er das Halsband verloren hatte, sammelte sich und konzentrierte sich auf einen Punkt. Deni. Sie allein war wichtig. Er wollte mit ihr zusammen sein – für immer – und nirgendwo anders. Selbst wenn er mit ihr in die Shiftertown zurückkehren, weiter ein Gefangener sein musste, war das jetzt egal. Jace würde einen Weg finden, mit ihr zusammen zu sein, das schwor er sich. Denn mit Deni würde er immer frei sein.

Sie passten zusammen, als wären sie füreinander geschaffen worden. Jace küsste ihre Lippen, ihr Gesicht, wieder ihre Lippen, während er sich zurückzog und sich dann noch tiefer in sie schob.

Deni stockte der Atem, und dann lächelte sie. Ihre Augen verdunkelten sich vor Leidenschaft. Sie berührte seine Wange, wie sie das gerne tat, ihre Fingerspitzen ein sanftes Gegenstück zu dem Wahnsinn in ihm.

Jace kam in sie, ihr Körper umfing ihn und machte ihn wild und frei. Verlangen durchfloss ihn, gemildert nur durch das wundervolle Gefühl, in ihr zu sein. Stoß um Stoß, sie zu lieben, sie in seinem Armen zu halten, um sie vor dem harten Boden zu schützen.

„Meine Gefährtin", flüsterte er. „Ich habe dich gesehen und wollte nie wieder ohne dich sein."

Deni schüttelte den Kopf, ihre Finger gruben sich in sein Haar. „Jace."

„Du gehörst mir", forderte Jace. „Sag es. Immer nur mein."

Deni lächelte. „Mein."

Er erwiderte ihr Lächeln mit einem eigenen, wilden. „Für immer und ewig."

„Ja."

Das Wort endete in einem Keuchen. Deni klammerte sich an seine Schultern, und sie hielt ihn, während sie erbebte und seinen Namen schrie. Jace senkte den Kopf und biss sie leicht in den Hals, schmeckte das Metall ihres Halsbandes.

Er würde es ihr abnehmen – er würde einen Weg finden. Und dann würde sie mit ihm frei sein. Der Schmerz wäre vergangen, und Deni würde heilen. Er würde bei ihr sein, direkt neben ihr, und ihr helfen.

„Jace."

Denis Stöhnen weckte den Wahnsinn in ihm. Er wurde schneller, sein Knurren tiefer. Er würde sich mit ihr einschließen, und sie würden den ganzen Tag lang das hier tun, bis weit in die Nacht. Sie würde ihn anlächeln, wunderschön und sinnlich, und ihre Arme um ihn schlingen, es immer wieder wollen.

„Deni. Göttin." Jace kam in ihr, während sie zu den Sternen empor lachte.

Jace hob den Kopf, sein Körper glatt vom Schweiß, und küsste ihre Lippen, ihren noch immer heißen Mund. „Ich liebe dich", sagte er, sein Herz in jedem Wort.

„Ich liebe dich auch, Jace. Für immer mein Gefährte."

Jace war weiter hart, pulsierte vor Verlangen nach ihr. Er lächelte sie an, während er sich weiter in sie stieß und den Rhythmus wieder aufnahm.

Deni warf ihm einen überraschten Blick zu, und dann lachte sie. Das Lachen wurde schnell zu Stöhnen, und sie ergaben sich ganz dem Wahn, und ihre Schreie stiegen zu den hellen Sternen hinauf.

Ellison fand Jace und Deni eng umschlungen in der warmen Texas-Nacht. Deni wusste, dass sie ihm jede Menge Zeit gelassen hatten, ihrem Duft zu folgen, und sie mussten Pheromone in die Gegend gepumpt haben wie verrückt, sodass es leicht war, die Spur zu finden.

Ellison kam als Wolf herangelaufen, verwandelte sich dann in einen Menschen und stöhnte. „Nicht schon wieder. Ich schwöre, ich kann euch nicht nahekommen, ohne euch beim Sex anzutreffen." Doch seine Stimme hörte sich erleichtert an, sogar froh.

Jace half Deni auf die Füße und schob sie hinter seinen warmen Körper, aber als er Ellison gegenübertrat, war er nicht aggressiv oder wütend – er zeigte seine offenen Hände, eine Geste des Friedens.

„Du kannst uns gratulieren, Ellison", sagte er. „Ich beanspruche deine Schwester, Deni Rowe, unter dem Licht des Mondes, der Göttin, und vor einem Zeugen – dir – zur Gefährtin. Ich habe vor, Liam oder meinen Vater zu bitten, dass Gefährtenritual so schnell wie möglich abzuhalten."

Ellison erstarrte. Das Mondlicht schimmerte auf seinem hellen Haar und den wolfsgrauen Augen. Er war Denis Alpha, der Anführer ihres kleinen Rudels, aber auf den Gefährtenantrag zu antworten, fiel Deni zu. „Möchtest du das gerne, Deni?", wollte Ellison von ihr wissen, seine Stimme ganz sanft.

„Ja." Deni schlang von hinten die Arme um Jace, liebte seinen großen Körper, seinen warmen Geruch, das Gefühl seiner Haut, als sie ihn auf die Schulter küsste. „Das möchte ich. Ich akzeptiere den Gefährtenantrag. Jace?" Sie hörte das Beben in ihrer Stimme. „Bist du bereit, nach Hause zu kommen? In mein Zuhause, meine ich – es ist jetzt näher. Wir können deinen Vater von dort anrufen. Ich bin mir sicher, er macht sich schreckliche Sorgen."

Deni hielt den Atem an, wartete, ob Jace sich wieder in seinen Leoparden verwandeln und darauf bestehen würde, dass Deni mit ihm in die Wildnis ging, oder sie hier zurücklassen würde, wenn sie das nicht tat. Er trug jetzt kein Halsband mehr – es gab nichts, was ihn zurückhalten würde.

Doch trotzdem war das Leben in der Wildnis gefährlich. Jace konnte gefunden werden, gejagt, getötet. Und er konnte immer noch zum Paria werden – Shiftern, die allein lebten, die sich der Bestie in sich ergaben, geschah das häufig. Die Shifter, aus deren Klauen Ellisons Gefährtin Maria gerettet worden war, hatten sich geweigert, Halsbänder anzulegen, hatten sich versteckt und waren dann wild und grausam geworden. Halsbänder trotz all der Schmerzen, die sie verursachten, und Shifter-Gesetze mit ihren Einschränkungen halfen wenigstens, die Shifter geistig gesund zu halten.

Jace drehte sich in Denis Armen um und blickte sie an, sein Gesicht im Schatten. Ellison wartete hinter ihm, angespannt und unsicher.

Denis Herz schmerzte, sowohl wegen des Bunds als auch voller Sorge. Jace sah besser aus, von den Verbrennungen waren nur noch helle Streifen im Mondlicht zu erkennen. Er wirkte auch stärker und lockerer. Jegliche Unsicherheit, die er über seinen Platz in der Welt verspürt haben mochte, war verschwunden.

Dann lächelte er. Seine ganze Liebe lag in diesem Lächeln, jedes bisschen Zärtlichkeit. Er strich Deni mit warmen Fingern eine Locke aus der Stirn.

„Wir sollten deinen Jungen sagen, dass du meinen Gefährtenantrag angenommen hast“, erklärte er. „Also ja, lass uns nach Hause gehen.“

Am nächsten Tag wurde ein Shifter-Treffen in Liams Haus zusammengerufen, nachdem Jace und Deni sich nach der langen Fahrt zurück nach Austin hingelegt hatten – wobei sie, wie Deni sich errötend erinnerte, mehr getan hatten, als sich nur auszuruhen. Zu dem Treffen kam auch Eric Warden, Jaces Vater.

Denis Herz zog sich zusammen, als Eric durch das Zimmer zu Jace eilte, sobald der eintrat. Der Vater schloss seinen Sohn lange in die Arme. Iona, die schwanger war, umarmte Jace ebenfalls und wischte sich Tränen weg, als sie ihn wieder losließ.

Jace griff nach Deni, die sich bei dem Familientreffen zurückgehalten hatte, und zog sie an seine Seite. „Ihr erinnert euch an Deni Rowe, Ellisons Schwester."

Eric verstand ihre Verbindung beim ersten Blick auf Deni, und Iona brauchte nur eine Sekunde länger. Eric schaute Deni mit Augen von derselben Farbe wie die seines Sohnes an, dann zog er sie genauso eng an sich, wie er es mit Jace gemacht hatte.

„Danke, Kind", sagte Eric, und seine Stimme dröhnte unter ihrem Ohr. „Willkommen in der Familie."

Er hielt Deni ein Stück von sich weg und betrachtete sie, einen zufriedenen Ausdruck in den Augen. Iona drückte sich an Eric vorbei und umarmte Deni ebenfalls.

„Herzlichen Glückwunsch, ihr beiden." Iona zwinkerte Deni zu, als sie sich von ihr löste. „Jace ist wirklich süß. Den will man behalten."

Deni lächelte zustimmend. „Ja, das finde ich auch."

„Und jetzt ohne Halsband", fuhr Eric fort. „Der Göttin sei Dank."

Deni verstand, dass Eric der Göttin für mehr dankte als dafür, dass Jaces Halsband gelöst war. Ein Beben ging durch Erics Körper, und Deni erkannte darin die Erleichterung eines Vaters darüber, dass sein Junges sicher und gesund war.

„Jace hat eine Theorie dazu“, sagte Liam, der es sich auf dem Platz am Fenster im Wohnzimmer bequem gemacht hatte. Er hielt seine schwarzhaarige Tochter im Arm, die kleine Katriona, die die Erwachsenen interessiert beobachtete. „Erzähl es ihm, Junge.“

Jace hielt seine Hand hoch, die weiter einen roten Streifen hatte. Letzte Nacht, als sie alle in die Austin-Shiftertown zurückgekehrt waren und nachdem Sean und Dylan Marlo ins Krankenhaus gebracht hatten – dem unverwüstlichen Mann ging es unterdessen schon wieder besser –, hatten Sean und Jace die Überreste der Goldkette aus Jaces Handfläche entfernt. Andrea hatte ihn kurz geheilt, dann hatte Deni das in der Ungestörtheit des geheimen Kellers des Rowe-Hauses fortgesetzt.

„Fionn hat das Armband letzte Nacht gesehen, als er Andrea besucht hat“, erklärte Jace. „Andrea hat mir heute Morgen erzählt, dass ihr Vater ihr gesagt hat, dieses Armband sei aus Feengold. Es ist durch viele Generationen in Denis Familie mütterlicherseits über die weibliche Linie vererbt worden. Die Shifter lebten früher im Feenland – warum sollte nicht einer von ihnen Zugang zu Feengold gehabt haben?“

Jace legte den Arm um Deni. „Ich hatte das Armband, das Deni mir als Erinnerung gegeben hatte, in der Hand, als das Flugzeug abgestürzt ist. Ich bin fast bei lebendigem Leibe verbrannt. Die Hitze muss es in meine Haut geschweißt haben, wo es in mein Nervensystem oder in den Blutstrom oder die Hautzellen oder irgendetwas eingedrungen ist. Da bin ich mir noch nicht sicher. Aber irgendwie hat sich mein Halsband gelöst und ist abgefallen, ohne mir dabei wehzutun. Wobei ich vielleicht den Schmerz auch nicht gespürt habe, weil mir gerade das Fell abgefackelt wurde."

„Das dritte Element", bemerkte Sean. Er ließ ein Halsband von seiner Hand baumeln, Jaces Halsband, das Sean an der Absturzstelle gefunden hatte. „Silber und menschliche Technologie, die verbunden werden durch Feengold. Ob das Gold schon im Halsband ist, oder erst eingefügt wird, wenn es um den Hals des Shifters gelegt wird, wissen wir noch nicht."

„Oder wie wir dieses Wissen verwenden können, um die Dinger loszuwerden", setzte Jace hinzu.

Sean studierte Jaces Halsband, das erstaunlich intakt aussah, dafür dass es in dem Schmelzofen des Flugzeugs gewesen war. „Vielleicht kann eine Spritze des flüssigen Golds, das dem Shifter injiziert wird, es lösen? Oder wenn man es einfach auf die Haut reibt? Das wird kompliziert, weil Feengold ziemlich schwierig zu finden ist, jedenfalls laut Fionn. Er hat mir versichert, dass er uns helfen wird, doch er hat mich auch wissen lassen, dass es wirklich sehr selten ist."

„Er behauptet, er hat es in den Wänden in seinem Haus", erwiderte Jace. „Sag ihm, er soll es für uns da rausholen."

„Das hat er mir erklärt", antwortete Sean, ohne zu lächeln. „Er hat gesagt, selbst wenn er alles rausholt, wäre es trotzdem nur eine Unze oder so. Aber wir arbeiten daran, eine Quelle zu finden. Und werden anfangen, verschiedene Techniken auszuprobieren. Es wird aber vermutlich immer noch ziemlich wehtun."

Jace berührte das falsche Halsband um seinen Nacken, das Liam und Dylan ihm heute Morgen umgelegt hatten. „Nun, ihr könnt es an jemand anderem als mir ausprobieren. Ich hab genug."

Sean nickte verständnisvoll. „Alles klar, Junge. Nur Freiwillige. Ich bin mir allerdings sicher, einige werden ein bisschen heißes Gold auf der Haut akzeptieren, um diese verdammten Dinger loszuwerden."

„Ich", meldete Deni sich. „Ihr könnt es gleich bei mir versuchen. Benutzt, was auch immer noch von dem Armband übrig ist. Ich bin mir sicher, meiner Mutter würde es gefallen, wenn ich es verwenden würde, um mich und meinen Gefährten zu befreien."

Jaces Finger schlossen sich enger um ihre Hand. „Nein. Erst wenn sie wissen, was sie tun."

„Sean wird es herausfinden." Deni lehnte sich an Jace, fühlte sich geborgen und beschützt. „Ich will dieses verdammte Halsband loswerden. Ich will ganz gesund werden. Mit dir und ohne Halsband."

Jace knurrte, aber sie sah das Verstehen in seinen Augen. „Also gut, aber ich bin bei jedem einzelnen Schritt dabei. Jede Sekunde. Und wenn Sean dir mehr wehtut als nötig, muss er sich vor mir verantworten."

„O super", erwiderte Sean. „Nur kein Druck. Mach dir keine Sorgen, Mädchen. Ich werde es auch an mir selbst ausprobieren. Ich habe eine Gefährtin, die uns alle heilen kann, falls ich Mist baue."

„Das hoffe ich wenigstens", erklärte Andrea. Sie hielt ihren Sohn auf dem Arm, dessen graue Augen denen seiner Mutter so ähnelten.

„Ich hab bei der ganzen Sache ein immer besseres Gefühl", fuhr Sean fort.

„Wir können auch Freiwillige aus unserer Shiftertown schicken", bot Eric an. „Denen, denen es am meisten nützen würde. Wenn es tatsächlich nur so wenig Feengold gibt, sollten die schwächeren Shifter als Erste erlöst werden, diejenigen, denen die Halsbänder am meisten wehtun. Die von uns, die die Auswirkungen der Halsbänder kontrollieren können, können es noch ein bisschen länger aushalten."

„Wo wir von deiner Shiftertown sprechen …", begann Deni, und Eric wandte sich ganz ihr zu.

„Keine Sorge. Ich werde dafür sorgen, dass Jace ganz offiziell herziehen kann", beruhigte er sie. „Und dass er mich besuchen kommen kann und euch mitnehmen, so häufig wie möglich." Eric schluckte, und das Strahlen in seinen Augen verblasste leicht. „Ich werde ihn vermissen, aber ich weiß, wie ein Gefährtenbund ist." Seine Hand griff nach Ionas, und seine Gefährtin stellte sich auf die Zehenspitzen und küsste ihn auf die Wange.

Eine andere Sache, die Jace für sie tat, wie Deni klar wurde. Traditionellerweise zogen Shifterfrauen in das Haus ihres Gefährten, ließen ihre eigene Familie zurück. Aber es würde schwierig sein, die Erlaubnis zu erhalten, Deni und ihre beiden Jungen nach Las Vegas umzusiedeln, und es würde auch bedeuten, Ellison zu verlassen. Um zu verhindern, dass Deni in eine andere Shiftertown ziehen musste als die, in der ihre Söhne lebten, hatte Jace angeboten, stattdessen herzukommen. Ein Bruch in der Tradition, aber einer, der aus Liebe geboren war.

„Schön", sagte Liam und stand auf, reichte Katriona an Kim weiter. „Ich freue mich schon darauf, eine weitere Gefährtenbundzeremonie durchzuführen. Außer Eric möchte das übernehmen. Aber wir haben noch etwas anderes zu erledigen. Tiger."

Tiger ließ die Arme sinken und trat zur Kellertür – die Tür zu dem tatsächlichen Kellerraum, nicht die zu dem geheimen Ort der Morrisseys. Die Shifter bei diesem Treffen waren Liam und seine Familie und Liams Tracker, zusammen mit Eric und Iona. Liam hatte Eric um Rat gefragt wegen des Problems, das Deni in der Shifterbar aufgedeckt hatte.

Tiger schloss auf und öffnete die Tür, hinter der sich die junge Frau befand, die Deni mit dem Handy erwischt hatte, das verriet, dass sie die Polizei angerufen hatte. Sie hatte sich das Shiftergroupie-Make-up abgewaschen, aber starrte die Shifter aus trotzigen Augen an. Broderick, der darauf bestanden hatte, sie zu bewachen, führte sie die letzten Stufen der Treppe hoch, die Hand leicht auf ihrer Schulter. Seine grauen Augen schweiften über die Tracker, und er wirkte fast so trotzig wie seine Gefangene.

„Das ist Joanne Greene“, stellte Liam sie vor. „Sie ist Shiftern gefolgt, hat sie ausspioniert und der Polizei Bericht erstattet – über den Kampfclub und was Shifter in der Bar tun – und die Cops gebeten, sie zu verhören und zu überwachen …“

Deni hatte sich gefragt, was Liam wohl mit der jungen Frau tun würde. Dylan ging jetzt zu ihr, und ihr Trotz wich Angst. Dylan blieb einen halben Meter vor ihr stehen, in ihrem persönlichen Raum. „Sag meinem Sohn, was du mir erzählt hast“, forderte Dylan sie auf.

Sie reckte das Kinn. „Warum sollte ich?“

Sie war jung, selbst für einen Menschen. Vielleicht Mitte zwanzig, vermutete Deni, wenn überhaupt. Connor, der nur wenig jünger als Joanne war, schüttelte den Kopf. „Ich würde es ihm sagen. Wenn du denkst, Granddad ist unheimlich, warte, bis du Onkel Liam gegenüberstehst.“

Broderick drückte ihr die Schulter. „Bring es am besten hinter dich.“ Er hörte sich mitfühlend an, was interessant war.

Joanne atmete tief ein. „Weil ihr meine Schwester entführt habt“, stieß sie hervor.

Liam blinzelte überrascht, genau wie alle anderen anwesenden Shifter. „Deine Schwester?“

„Meine Schwester Nancy“, bestätigte Joanne. „In Wahrheit ist sie das Shiftergroupie. Sie liebt es, Shiftern hinterherzulaufen. Sie war hier, in der Shiftertown. Dann ist sie verschwunden. Was habt ihr mit ihr gemacht?“

Liam warf ihr einen ausdruckslosen Blick zu. „Wir haben überhaupt nichts mit ihr gemacht, Mädchen. Wo war sie zuletzt? Bei welchem Shifter?“

„Das weiß ich nicht.“ Joannes Augen blitzten wütend. „Ist das wichtig? Sie war in deiner Bar, dann ist sie zum Kampfclub gegangen. Das war vor ein paar Wochen. Seitdem ist sie nicht wieder nach Hause gekommen.“

„Und die Polizei ist ebenfalls der Meinung, dass ein Shifter sie entführt haben muss?“, erkundigte sich Deni.

Joanne sah noch wütender aus. „Sie sagen, es gäbe keine Hinweise dafür, dass ihr etwas passiert ist. Sie denken, dass sie aus eigenem Antrieb weggelaufen ist.“

Dylan trat nicht näher zu Joanne, aber sein Gesichtsausdruck war bedrohlich. „Also machst du Ärger für alle Shifter, bringst uns in Gefahr, unsere Gefährten, unsere Jungen, ohne erst zu uns zu kommen und nach ihr zu fragen?“

Joanne wich ängstlich zurück, bis sie mit dem Rücken gegen Broderick stieß, aber ihre Stimme klang klar. „Zu euch kommen? Warum sollte ich zu euch kommen?“

Dylan wollte antworten, aber Broderick machte einen Schritt zur Seite, begab sich in eine Position, aus der er Joanne gegen andere verteidigen könnte, falls das nötig wäre. „Mach mal langsam“, verlangte er von Dylan. „Sie hat Angst um ihre Schwester. Sag mir nicht, dass du nicht dasselbe tun würdest, wenn du jemanden in einer anderen Shiftertown verloren hättest, den du liebst.“

Dylans Gesichtsausdruck wurde härter. „Nein, was ich tun würde, ist, den Schuldigen finden und ihn schütteln, bis er ausspuckt, was er weiß. Und dann würde ich überlegen, ob ich ihn am Leben lasse."

„Sie hat mir alles erzählt", fuhr Broderick fort, während Joanne Dylan furchtsam anstarrte. „Ich glaube nicht, dass ein Shifter ihre Schwester entführt hat, aber es deutet viel darauf hin, dass ihr bei einem Shifter-Event irgendetwas passiert ist. Du und Liam, ihr habt alle möglichen Quellen. Helft ihr."

Liam betrachtete Broderick interessiert. „Vielleicht werden wir das. Dad."

Dylan sah zu Broderick und Joanne, wandte sich dann ab. Ohne ein weiteres Wort marschierte er durchs Wohnzimmer und aus der Vordertür. Das Knallen der Tür war laut, und für einen Moment sagte niemand etwas. Dylan tat oft solche Dinge – äußerte sich nicht und ging einfach weg, um Probleme selbst zu lösen. Er war älter als die meisten in der Shiftertown, und er verfügte über Erfahrung und Weisheit wie kein anderer. Die Shifter hatten gelernt, seine Abruptheit zu tolerieren.

Liam räusperte sich. „Weil du sie so gernhast, Broderick, bist du für sie verantwortlich", erklärte er. „Ich will nicht, dass sie mit der Polizei redet oder irgendwo hingeht oder überhaupt irgendetwas tut, ohne dass ich es weiß. Verstanden?"

„Sicher", erwiderte Broderick. „Entspann dich, Liam."

Liam blinzelte wieder. Deni erkannte, dass Liam sich bewusst entschied, Brodericks Worte zu ignorieren, bevor er Joanne langsam zunickte. „Wir werden dir helfen, herauszufinden, was mit deiner Schwester passiert ist. Aber du benimmst dich. Verstanden?"

Joanne wirkte verwirrt. Sie musste geglaubt haben, dass

die Shifter sie töten würden oder zumindest einsperren und schreckliche Dinge mit ihr anstellen – aber sie nickte. Broderick verharrte weiter in Beschützerpose vor ihr, und Liam beendete das Treffen.

„Ich glaube, er ist verknallt“, sagte Deni zu Jace, während sie über die Straße zurück zu ihrem Haus gingen. „Broderick, meine ich.“

Sie liefen die Stufen zur Veranda von Denis Haus hoch, und Jace drückte Deni gegen einen der Pfosten. „Ich aber auch. Verknallt ist ein gutes Wort dafür.“

Der Kuss schürte das Feuer, das noch gar nicht ganz verloschen war. Deni schlang Jace die Arme um den Hals und ergab sich ganz einem Moment der Freude.

„Ich habe gemeint, was ich gesagt habe“, murmelte sie, als sich ihre Münder voneinander lösten. „Über das Halsband. Ich werde Sean tun lassen, was er tun muss. Ich will, dass es ab ist.“

„Das will ich auch.“ Jace berührte ihre Kehle. „Ich werde das mit dir durchstehen, Deni. Und wenn du frei bist, werden wir feiern.“

„Warum warten?“ Deni lächelte ihn an, und Jaces ernster Gesichtsausdruck wurde zu einem frechen Grinsen.

„Wilde Frau“, stellte Jace fest.

„Immer.“

Jace führte sie ins leere Haus und in den Keller. Sie lachten beide, während sie die Stufen runterpolterten. Jace trat die Tür am Ende der Treppe zu, während er sie schon wieder küsste. Sie stolperten ins Schlafzimmer, das sie benutzt hatten, zerrten sich die Kleider vom Leib, während ihre Münder sich in einem leidenschaftlichen Kuss trafen.

„Ich liebe dich, Jace Warden“, flüsterte Deni, während sie aufs Bett fielen.

„Ich liebe dich auch, Deni Rowe. So sehr.“ Jace zog sie

an sich, spürte das Feuer in ihr. „Danke, dass du mich gefunden hast."

„Du hast mich gefunden", widersprach sie. „Und hast mich geheilt."

„Mmm." Jace schloss die Augen, während er in sie eindrang. Seine Stimme wurde leise. „Du hast mich geheilt. Wir haben uns gegenseitig geheilt." Er legte seine Hand auf sie, der Streifen, wo sich das Armband in seine Haut gebrannt hatte, war nur noch eine rote Narbe. Ihre Fingerspitzen berührten sich. „Du und ich. Eins."

Jace verschränkte seine Finger mit ihren, und Deni schloss ihre Hände zusammen. „Eins", sagte sie, und dann schrie sie auf, als Jace sich fester in sie stieß. „Für immer."

„Für immer", wiederholte Jace, und dann war da nichts mehr außer Liebe und Glück.

Jeglicher Kummer verflog, und Deni bewies sich selbst, wie schön es war, die Kontrolle in den Armen des Shifters, den sie liebte, zu verlieren.

EPILOG

Am nächsten Tag wurden Deni und Jace mit dem Segen des Vatergottes in der Sonnenzeremonie vereint. Die Mondzeremonie, der letzte Schritt des Zusammenschlusses als Gefährten, fand einige Nächte später statt, nachdem Deni auf ihren eigenen Wunsch hin das Halsband entfernt worden war.

Es war sehr schmerzhaft, und wie es Sean gelang, das restliche Gold des Armbandes mit dem Halsband zu vereinen und es so zu entfernen, wusste Deni nicht genau. Sie wusste nur, dass das Halsband sich gelöst hatte, ganz langsam ein Glied nach dem anderen. Ja, es hatte höllisch wehgetan, aber Deni wusste, dass es bei ihr nicht annähernd so schlimm gewesen war wie das, was Jace bei den ersten Versuchen hatte durchstehen müssen. Sie hatte auch nicht das Bedürfnis gehabt, sich in ihr Tier zu verwandeln oder sich ihren animalischen Instinkten zu ergeben, wie es bei Jace der Fall gewesen war. Das Feengold machte den Unterschied.

Jace war dabei gewesen, direkt neben ihr, und hatte den

nervösen Sean minütlich angefaucht. Als Sean schließlich das Halsband abhatte und Deni tief durchgeatmet hatte, hatte Jace sie mit tränenfeuchten Augen fest in seine Arme gezogen.

Deni, die jetzt ein nachgemachtes Halsband trug, stand mit Jace in dem Wäldchen hinter den Häusern im Mondschein, mit Eric und Liam vor ihnen. Beide hatten beschlossen, die Vollmondzeremonie gemeinsam durchzuführen – Liam, weil es seine Shiftertown war und er Deni mochte, Eric, weil Jace sein Sohn war.

Die Shifter versammelten sich in Kreisen, und der rhythmische Gesang hatte begonnen. Genau wie das Trinken und die Party. Ellison stand neben Deni, stolz und mit einem Grinsen im Gesicht, Maria an seinem Arm, die ihr süßes Lächeln lächelte. Hinter Deni waren Jackson und Will, die wahnsinnig glücklich für ihre Mutter waren, aber mehr als bereit, sie und Jace nach allen Regeln der Kunst aufzuziehen.

Iona war gekommen, stand neben Eric, zusammen mit Erics Schwester Cassidy und ihrem Gefährten, einem Menschen namens Diego. Marlo, der sich vom Absturz erholt hatte, aber immer noch über den Verlust seines geliebten Flugzeuges klagte, war ebenfalls da.

Und auch Joanne, um die sich Broderick und seine Brüder kümmerten. Inzwischen war sie in der Gesellschaft von Shiftern etwas entspannter, zumindest was Brodericks Familie betraf. Sie machte sich immer noch Sorgen um ihre Schwester, aber Dylan hatte schon einige Dinge angeleiert. Sie würden sie finden.

Als der Mond aufging, sein kühler Schein die Lichtung erreichte, hob Liam eine Hand, bat um Stille. Er und Eric machten einen Schritt vor, Eric lächelte auf seine herzliche Art.

„Im Lichte der Muttergöttin“, begann Liam.

„Erkenne ich diesen Gefährtenbund an“, beendete Eric den Satz. „Der Segen der Göttin sei mit dir, Sohn.“ Er legte seine Arme um Jace. „Und Tochter.“ Eric drehte sich um und zog auch Deni an sich. Jaces Hand blieb auf Denis Rücken, während sie Eric ebenfalls umarmte.

Und dann gab es Gelächter, viele weitere Umarmungen, auch die enthusiastischen von ihren Söhnen, von denen Deni beinah erdrückt wurde. Ronans Bärenumarmung kam der von Will und Jackson ziemlich nahe. Selbst Tiger umarmte sie, nickte ihr dann zu, als wenn er zufrieden war, dass sie endlich Vernunft angenommen und das Richtige getan hatte, indem sie Jace heimgebracht hatte.

Die Shifter johlten, heulten und schrien. Die Gefährtenzeremonie war ein Fest der Fruchtbarkeit, und in der Shiftertown würde das heute entsprechend gefeiert werden.

Deni hatte den Schwindel oder die beginnende Übelkeit, die ihren Episoden von Wahnsinn vorangegangen waren, nicht mehr verspürt, seit sie Jace sicher in die Shiftertown zurückgebracht hatten. Sie hatte einen echten Durchbruch gehabt, dachte sie, draußen in der Wildnis, als sie beschlossen hatte, sich ihren Instinkten zu ergeben, was ihr geholfen hatte, ihren Gefährten zu finden.

Die Tatsache, dass es ihr möglich gewesen war, sich aus diesem instinktiven Stadium zu befreien, nachdem sie Jace entdeckt hatte, und nicht verrückt geworden war, hatte ihr etwas von ihrem Selbstvertrauen wiedergegeben. Der Gefährtenbund half ebenfalls dabei, die Angst zu besiegen, genau wie das Entfernen des Halsbandes.

Deni wusste nicht genau, wann sie geheilt worden war, aber sie wusste, dass der Prozess begonnen hatte, als sie Jace in der ersten Nacht im Kampfclub getroffen hatte.

Die Musik hallte durch die Nacht. Deni tanzte mit ihren

Söhnen, dann mit Ellison, Liam und Eric, mit einem Kreis von Frauen – Andrea, Kim, Iona, Glory, Elisabeth, Myka, Carly. Die Jungen liefen herum, spielten mit lauten Rufen und Gekreische.

Schließlich gelangte Deni wieder bei Jace an. Er zog sie an sich, seine Augen wurden hellgrün von dem gerade noch in Schach gehaltenen Paarungswahn.

„Erinnerst du dich, wie alles angefangen hat?", fragte er sie.

„Als dir der Hintern versohlt wurde?", erwiderte Deni lachend.

„Als ich dir den Hintern gerettet habe", stellte Jace klar. „Und ihn mir danach geschnappt habe."

„Das hättest du wohl gerne."

„O ja." Jace lehnte sich zu ihr. „Ich habe dich immer gewollt, Deni. Ich hab einiges durchgemacht, um dich an meiner Seite zu halten, oder?"

Deni nickte. „Ich bin froh, dass du das getan hast."

Jace küsste sie wieder, und sein Lächeln verschwand. „Es ist ziemlich dunkel hier. Niemand wird uns vermissen."

Sie lächelte ihm neckend zu. „Vielleicht sollten wir uns zivilisierter verhalten, jetzt da wir Gefährten sind."

„Scheiß drauf." Jaces Griff wurde fester, seine Hand lag warm in ihrem Kreuz. „Ich will wild mit dir sein, Deni. Mein Herz."

„Mmm." Deni küsste ihn, löste sich dann aus seinen Armen. „Dann lass uns genau das tun." Sie nahm sich den Blütenkranz vom Kopf und warf ihn hoch, sodass er wirbelnd weit von ihr wegflog. Die Shifterfrauen lachten laut und jagten ihm hinterher.

„Fang mich, wenn du kannst, Felid", sagte Deni zu Jace und lief weg, stürmte in die Dunkelheit.

Sie hörte das frustrierte Knurren einer Wildkatze, dann

ein weiteres, entschlosseneres. Deni rannte, aber sie wusste, dass sie einem Leoparden nie entwischen könnte, der alles tun würde, um seine Beute zu fassen zu kriegen. Doch sie versuchte es dennoch, um Jace eine Herausforderung zu bieten.

Aber als seine starken Arme sich in der Dunkelheit jenseits des Feuers um sie schlossen und er ihre Haut mit Küssen bedeckte, wusste Deni, dass sie nie zuvor so glücklich gewesen war, gefangen worden zu sein.

BÜCHER VON JENNIFER ASHLEY

Die Bücher der „Shifters Unbound"-Serie

Liams Zähmung

(OT: Pride Mates)

Der Bund des Wächters

(OT: Primal Bonds)

Bodyguard: Unter dem Shutz des Bären

(OT: Bodyguard)

Der Kuss der Feenkatze

(OT: Wild Cat)

Die Gefährtin des Jaguars

(OT: Hard Mated)

Die Leidenschaft des Alphas

(OT: Mate Claimed)

Der Gefährte der Bärin

(OT: Perfect Mate)

Die Liebes des Wolfes

(OT: Lone Wolf)

Im Bann des Tigers

(OT: Tiger Magic)

Das Verlangen des Leoparden

(OT: Feral Heat)

Wild Wolf

Bear Attraction

Mate Bond

Die Herz des Löwen

(OT: Lion Eyes)

In den Armen des Wolfs

(OT: Bad Wolf)

Die Zärtlichkeit des Wolfes

(OT: Wild Things)

White Tiger

Guardian's Mate

Red Wolf

Midnight Wolf

Tiger Striped

Das Schwert der Shifter

(OT "Shifter Made")

Die Bücher der „MacKenzies"-Serie

Kein Lord wie jeder andere

(OT: The Madness of Lord Ian Mackenzie)

Das Werben des Lord MacKenzie

(OT: Lady Isabella's Scandalous Marriage)

Lord Camerons Versuchung

(OT: The Many Sins of Lord Cameron)

Der dunkle Herzog

(OT: The Duke's Perfect Wife)

Die Verführung des Elliot McBride

(OT: The Seduction of Elliot McBride)

Das Schönste Geschenk von Allen

(OT: A Mackenzie Family Christmas: The Perfect Gift)

The Untamed Mackenzie

Das verruchte Spiel des Daniel MacKenzie

(OT: The Wicked Deeds of Daniel Mackenzie)

Scandal and the Duchess

Rules for a Proper Governess

The Stolen Mackenzie Bride

Alec Mackenzie's Art of Seduction

The Devilish Lord Will

Die Bücher der „Riding Hard"-Serie

Adam

Grant

Carter

Tyler

Ross

Kyle

Ray

ÜBER DEN AUTOR

Die New-York-Times-Bestsellerautorin Jennifer Ashley hat unter den Namen Jennifer Ashley, Allyson James und Ashley Gardner mehr als fünfundachtzig Romane und Novellas veröffentlicht. Unter ihren Büchern finden sich Liebesromane, Urban Fantasy und Krimis. Ihre Veröffentlichungen sind mit zahlreichen Preisen ausgezeichnet worden – beispielsweise dem RITA Award der Romance Writers of America und dem Romantic Times BookReviews Reviewers Choice Award (unter anderem für den besten Urban Fantasy, den besten historischen Kriminalroman und einer Auszeichnung für ihre Verdienste im Genre des historischen Liebesromans). Jennifer Ashleys Bücher sind in ein Dutzend verschiedene Sprachen übersetzt worden und haben besonders hervorgehobene Kritiken der Booklist und Publishers Weekly erhalten.

Mehr über die „Shifters Unbound"-Serie erfahren Sie auf www.jenniferashley.com.

26923282R00116

Printed in Poland
by Amazon Fulfillment
Poland Sp. z o.o., Wrocław